AF203456

Story: Iru
Art: Mo9Rang

Aus dem Koreanischen von Nina Gliese

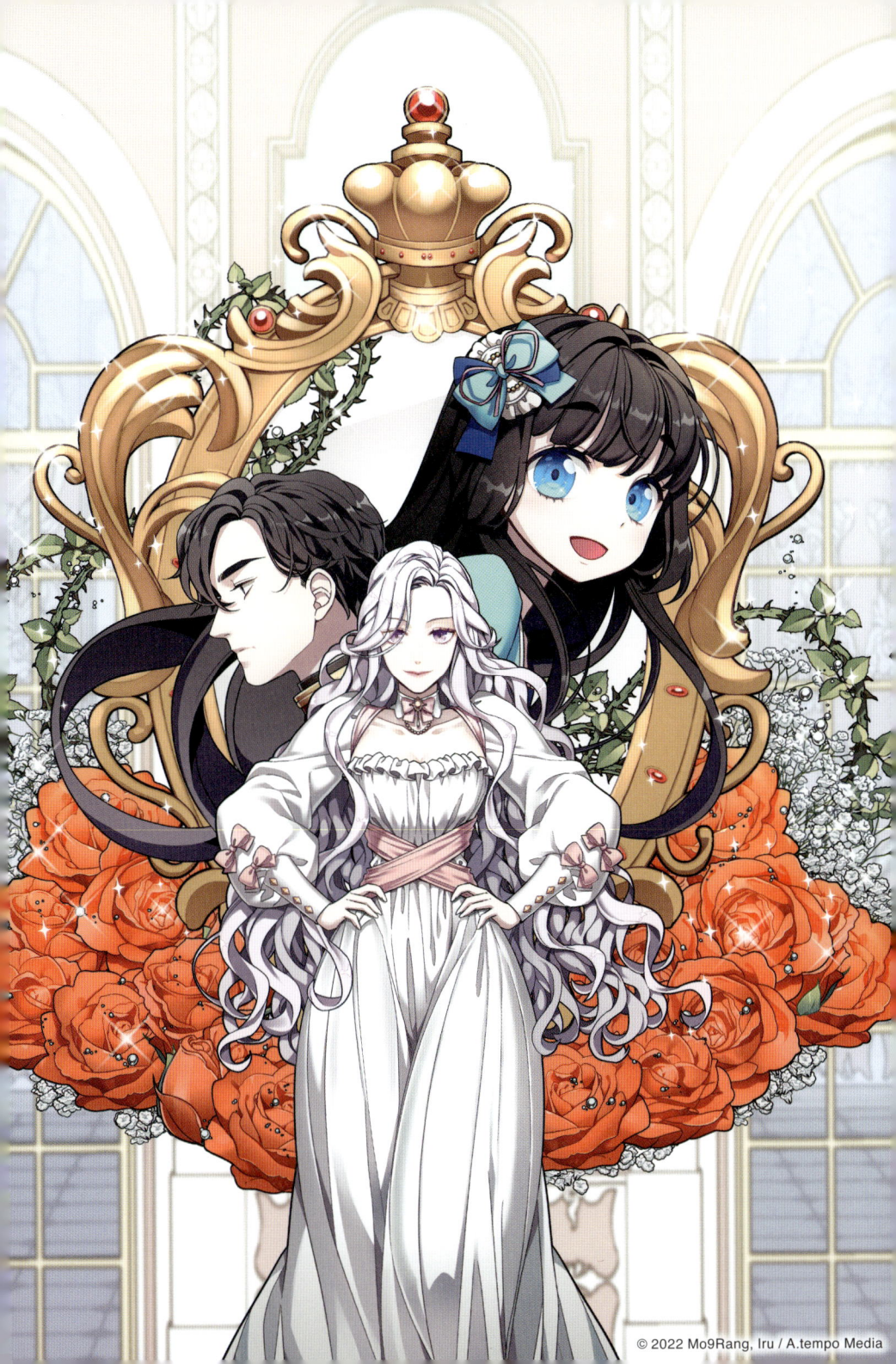

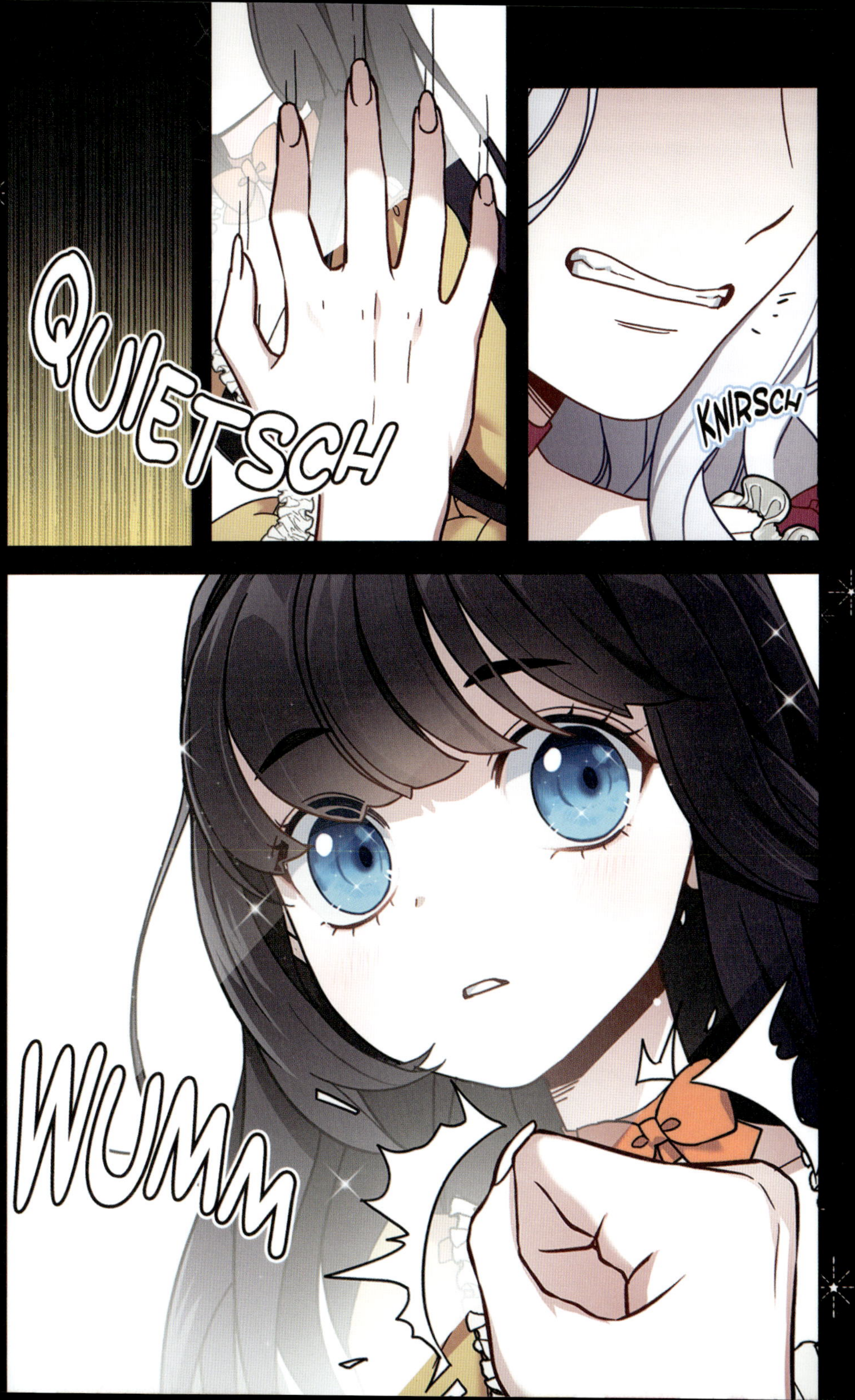
QUIETSCH
KNIRSCH
WUMM

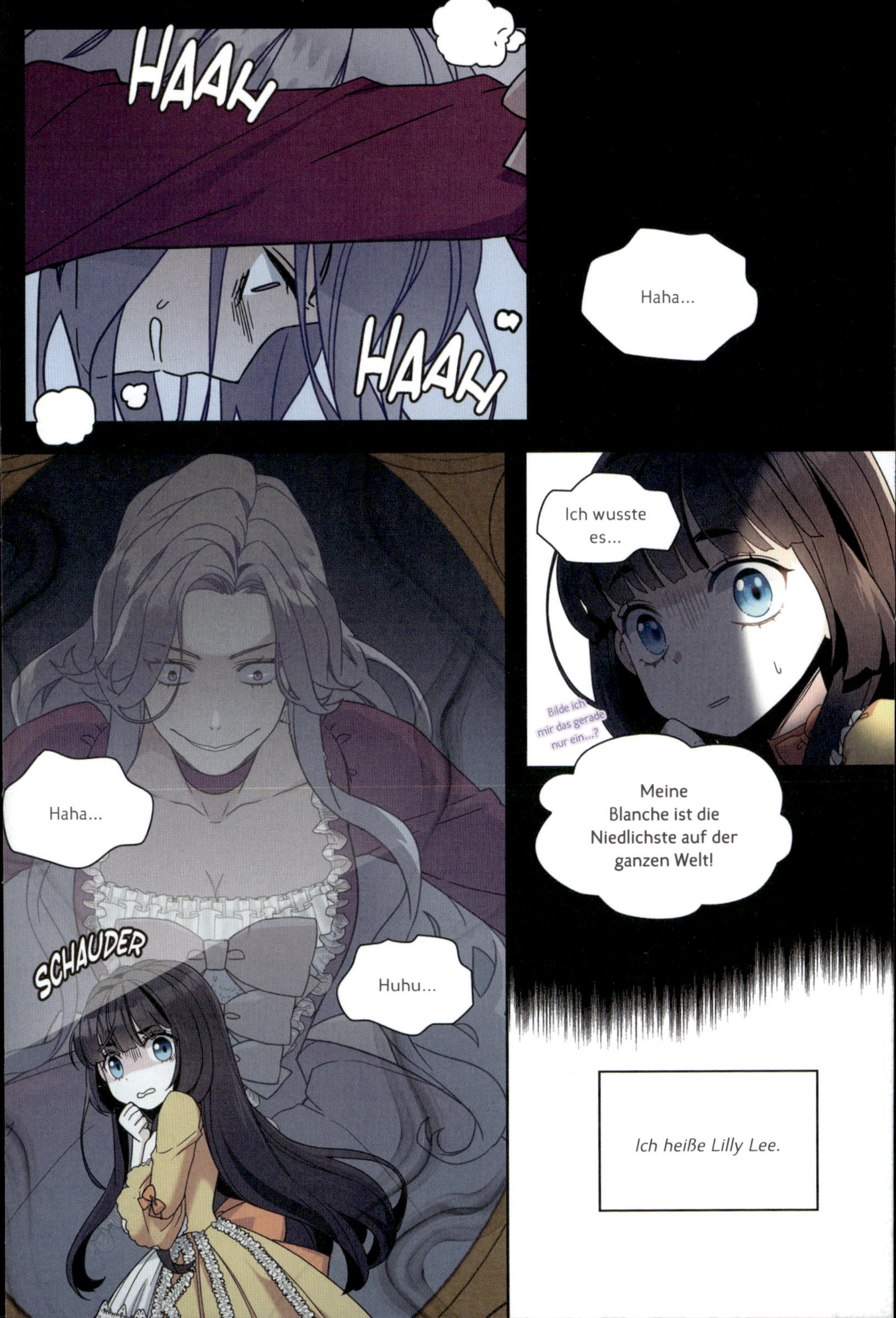

HAAH

HAAH

Haha...

Ich wusste es...

Bilde ich mir das gerade nur ein...?

Haha...

Meine Blanche ist die Niedlichste auf der ganzen Welt!

SCHAUDER

Huhu...

Ich heiße Lilly Lee.

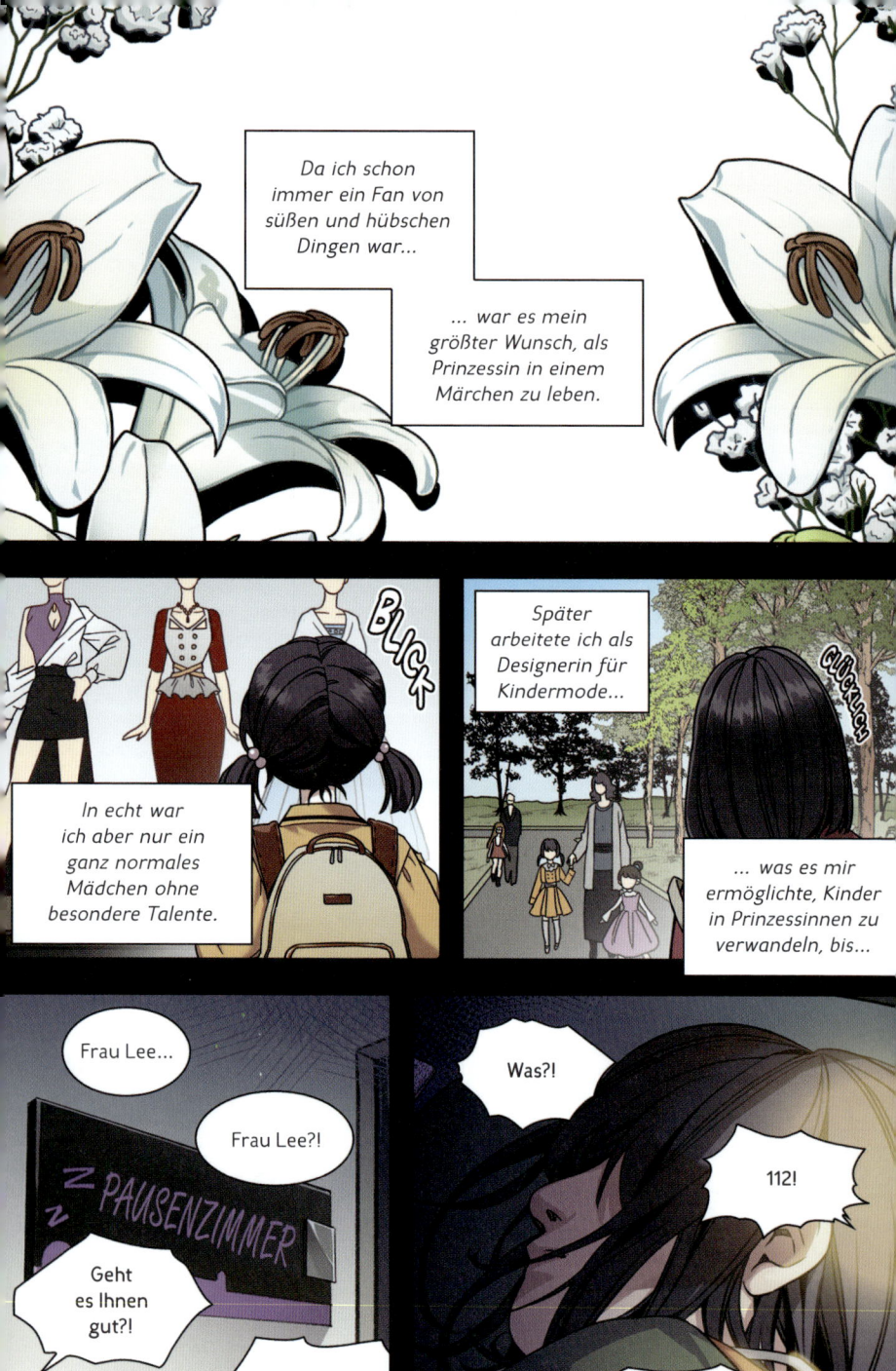

Ich bin mit 30 Jahren an Überarbeitung gestorben, mein Körper wurde im Pausenraum der Firma gefunden.

Wenn ich das gewusst hätte, hätte ich mich nicht so abgequält, um dünn zu bleiben.

Und als ich meine Augen öffnete, hatte ich mich in diese schöne, verlockende und grausame Schurkin verwandelt...

Bediene dich.

Abigail Friedkin, die Stiefmutter von Schneewittchen.

Und so nahm meine Geschichte ihren Lauf.

Prinzessin Blanche.

J...
Jawohl, Eure
Majestät.

Wie ist es nur möglich, dass solch eine niedliche Kreatur überhaupt existieren kann?

Sie sieht aus wie eine Puppe, mit Haut so weiß wie Schnee...

ZUCK

... Haaren so schwarz wie Ebenholz und diesen großen blauen Augen!

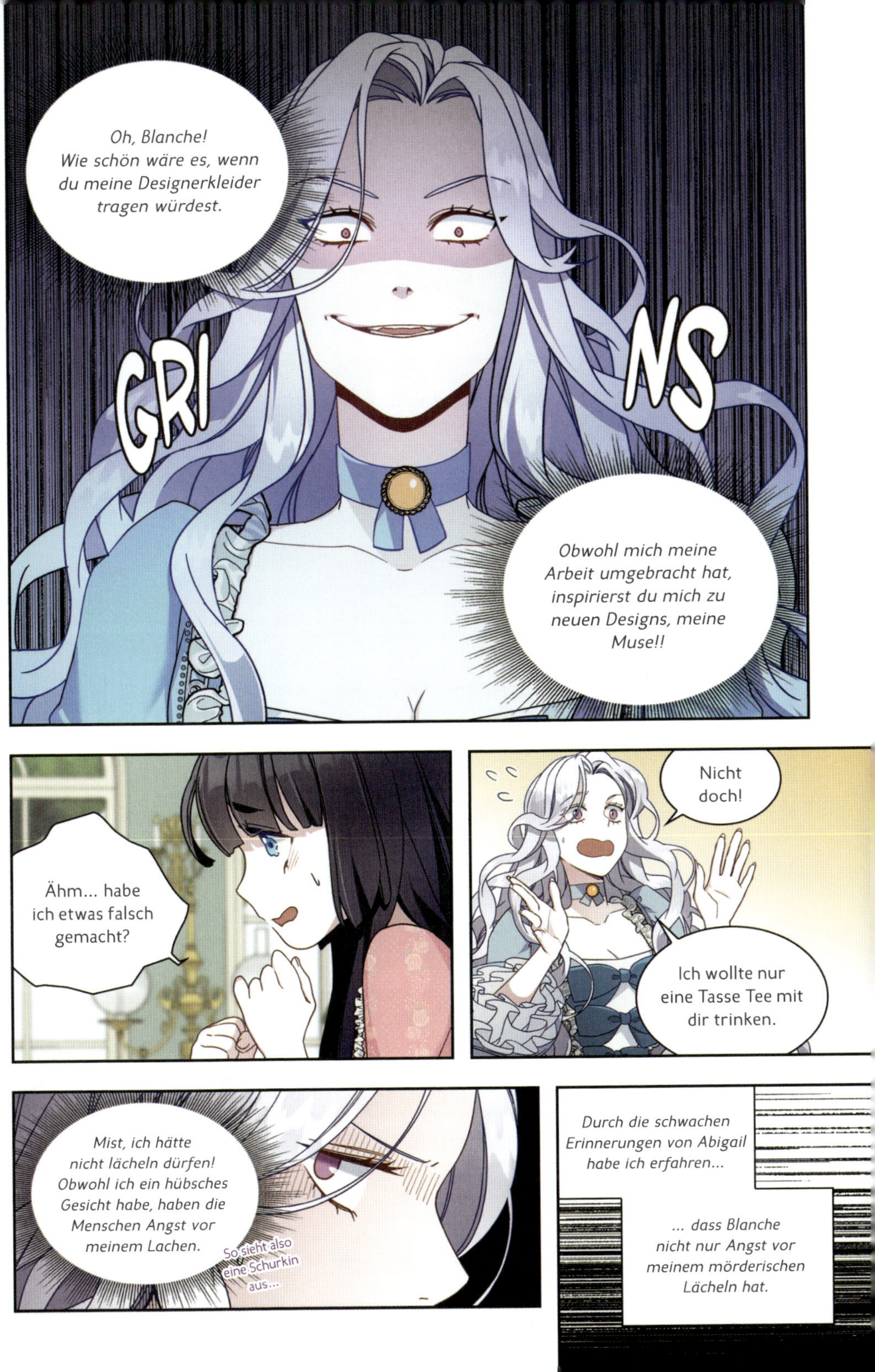

Oh, Blanche! Wie schön wäre es, wenn du meine Designerkleider tragen würdest.

GRI NS

Obwohl mich meine Arbeit umgebracht hat, inspirierst du mich zu neuen Designs, meine Muse!!

Ähm... habe ich etwas falsch gemacht?

Nicht doch!

Ich wollte nur eine Tasse Tee mit dir trinken.

Mist, ich hätte nicht lächeln dürfen! Obwohl ich ein hübsches Gesicht habe, haben die Menschen Angst vor meinem Lachen.

So sieht also eine Schurkin aus...

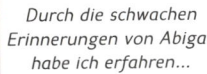

Durch die schwachen Erinnerungen von Abigail habe ich erfahren...

... dass Blanche nicht nur Angst vor meinem mörderischen Lächeln hat.

Musste Abigail nicht heiße Stahlschuhe tragen und so lange tanzen, bis sie stirbt?

Es hängt also von Blanche ab, ob ich überlebe.

Meine erste Mission wird es sein, unsere Beziehung zu verbessern.

KLIRR

Prinzessin Blanche.

HICKS

ZUCK

Ich möchte mich für alles entschuldigen, was ich dir angetan habe.

Ich bereue es sehr, dich so schikaniert zu haben!

B...Bitte?

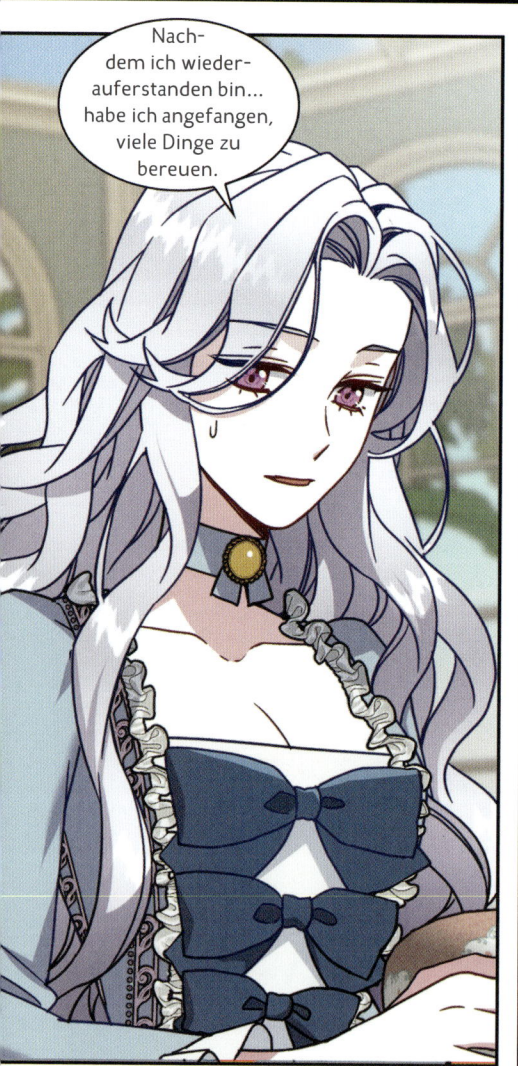

Nachdem ich wiederauferstanden bin... habe ich angefangen, viele Dinge zu bereuen.

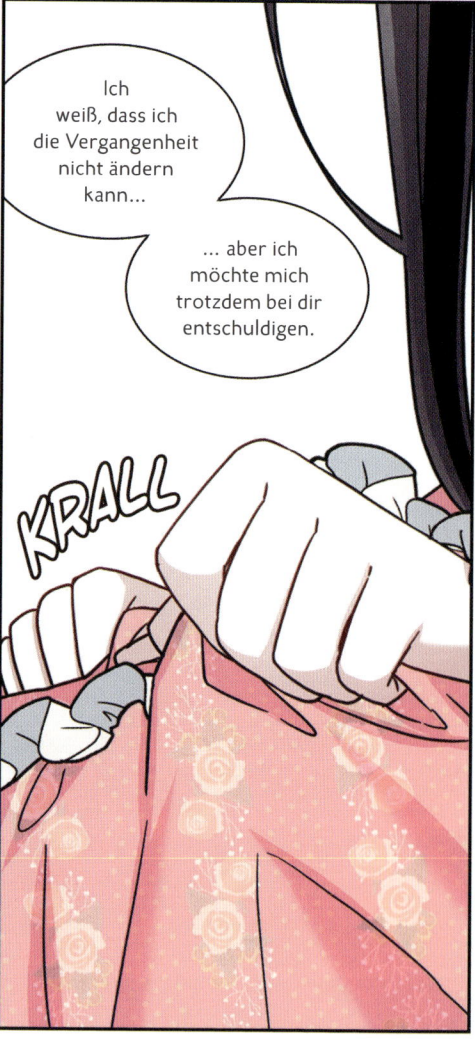

Ich weiß, dass ich die Vergangenheit nicht ändern kann...

... aber ich möchte mich trotzdem bei dir entschuldigen.

KRALL

...

Es stimmt schon, dass ich wie eine kaltherzige Schurkin aussehe...

... aber ich kann einfach nicht nachvollziehen, warum so eine hübsche Frau auf ein Kind eifersüchtig ist.

HAAH

KLACK

I...Ich wünsche Euch einen schönen Nachmittag, Eure Majestät.

KNICKS

Es tut mir leid, falls ich dich erschreckt habe.

Du kannst gerne wieder in dein Zimmer gehen, wenn du das wünschst.

Hmm?

Oh, in Ordnung...

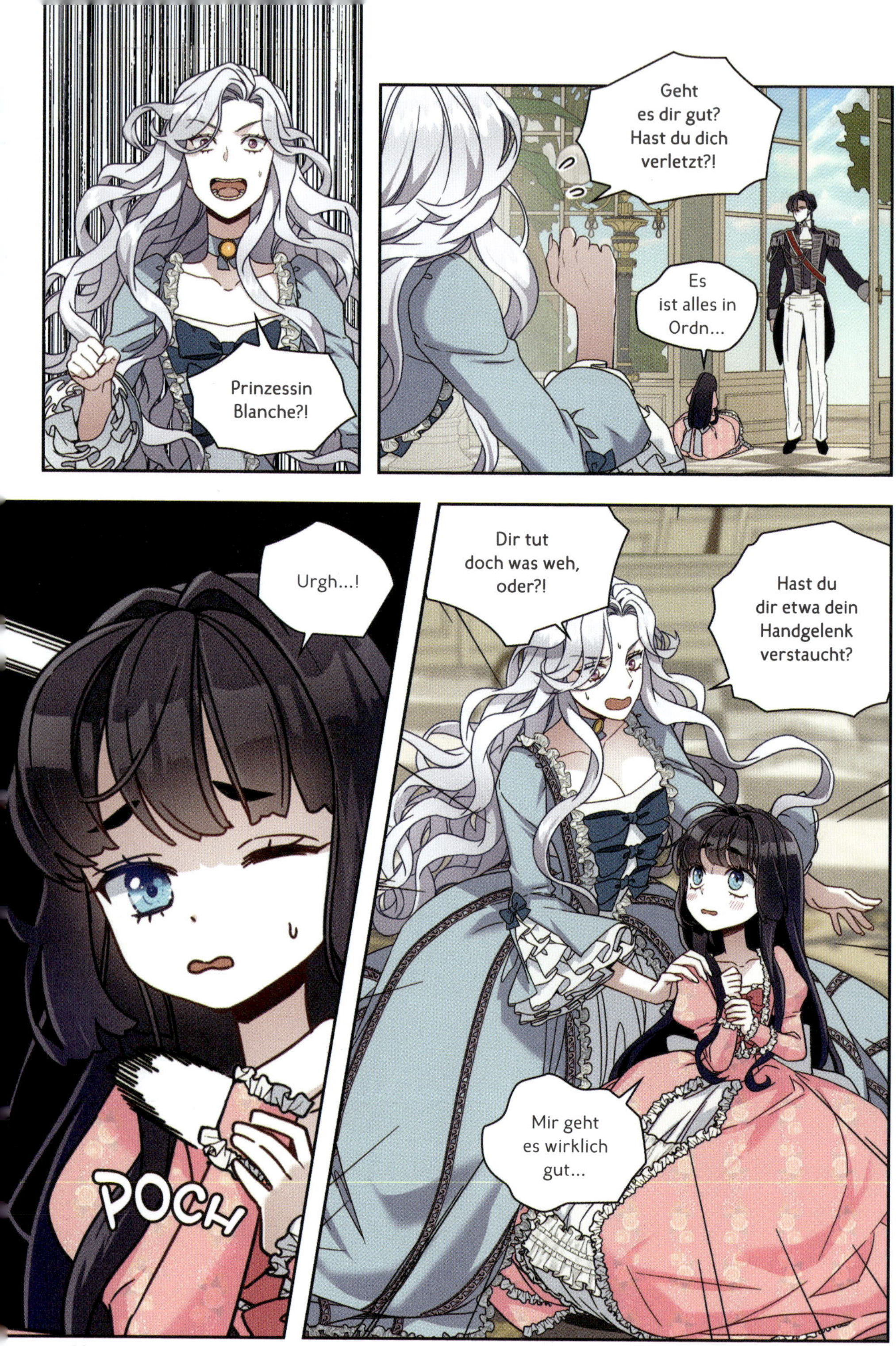

Prinzessin
Blanche?!

Geht
es dir gut?
Hast du dich
verletzt?!

Es
ist alles in
Ordn...

Urgh...!

POCH

Dir tut
doch was weh,
oder?!

Hast du
dir etwa dein
Handgelenk
verstaucht?

Mir geht
es wirklich
gut...

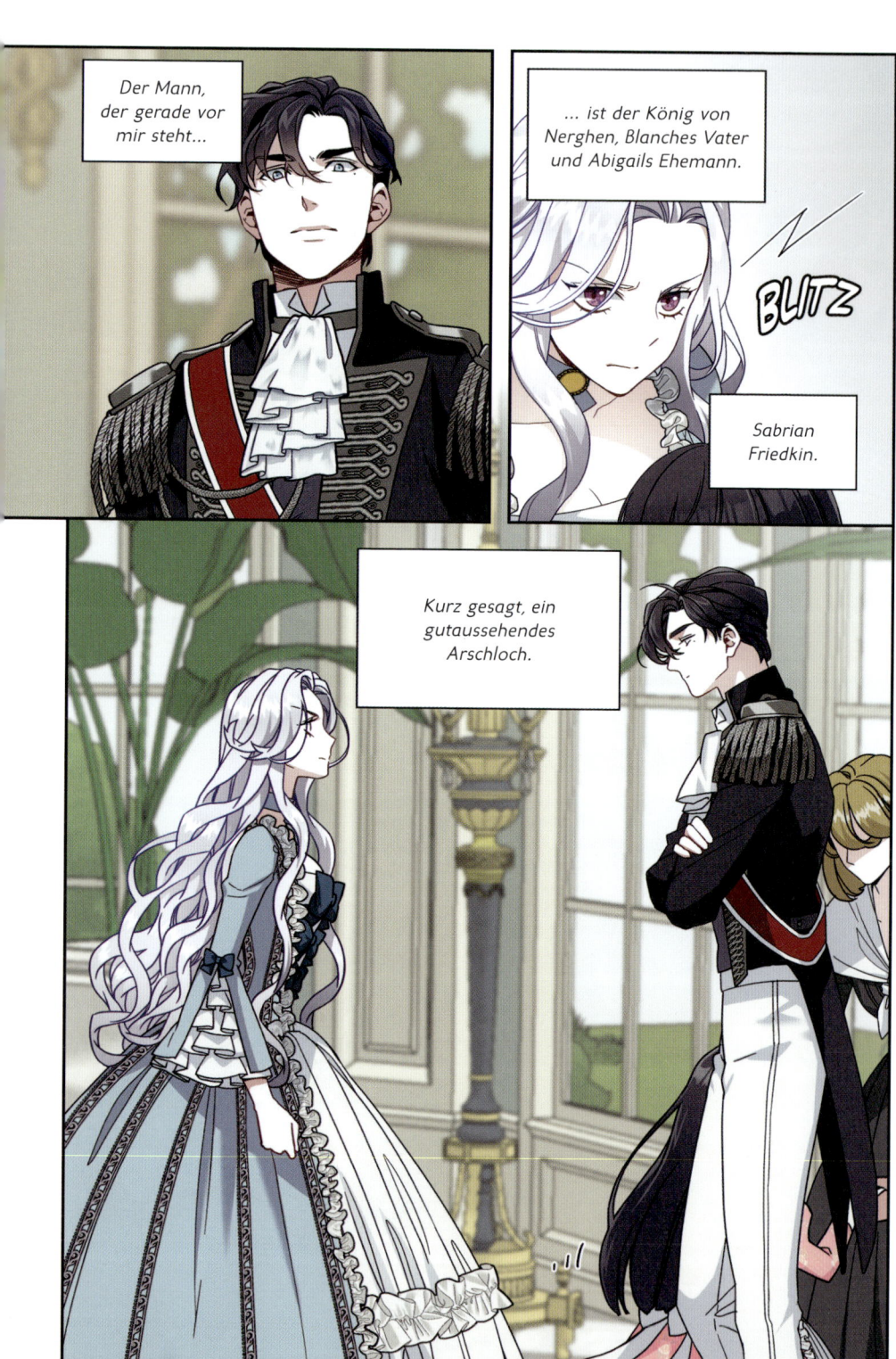

Der Mann, der gerade vor mir steht...

... ist der König von Nerghen, Blanches Vater und Abigails Ehemann.

BLITZ

Sabrian Friedkin.

Kurz gesagt, ein gutaussehendes Arschloch.

Ihr seid recht kaltherzig.

Eure Tochter hat sich gerade verletzt, könnt Ihr nicht ein kleines bisschen Mitleid zeigen?

Dass ich nicht lache.

Wann ist Euch Blanche denn so ans Herz gewachsen?

Ihr habt schon nicht unrecht...

Äh, meine Nahtoderfahrung hat mich verändert.

Ach, ist dem so?

BRODEL

BRODEL

BRODEL

Ich wünschte, ich könnte ihm einfach eine verpassen!

Obwohl Sabrian ein gutaussehender, weiser und mächtiger König ist...

... ist das Blut, das durch seine Adern fließt, so kalt wie ein zugefrorener Fluss im Winter.

Er hat Abigail lediglich aufgrund einer Abmachung mit einem anderen Königreich geheiratet.

Während der Hochzeitsfeier ließ er sie sogar allein, weil er angeblich zu erschöpft war.

Und in ihrer ersten Nacht...

Ich habe nicht vor, Euch jemals zu berühren.

Merkt Euch das.

... legte er sich nach dieser Aussage direkt schlafen.

Abigail war die schönste Blume des Königreichs Kronenberg.

Obwohl jeder Mann ihr Herz gewinnen wollte, war Sabrian der Einzige, der sie jemals zurückwies.

Seine Zurückweisung führte letztendlich zu ihrer Besessenheit.

Was...!

Was
soll ich denn
machen?!

Was
muss ich
tun...

... damit
Ihr mich
liebt?

Nichts.

Bitte?

Ich weiß, dass es sich um eine lieblose Zweckehe mit einer Schurkin handelt...

STARR

... aber du bist der Grund für all das!

Fühlt Ihr Euch unwohl?

Ihr seht angespannt aus.

Dr Tee... is zu hes...

* Der Tee ist zu heiß...

Du bist so ein Arschloch!!

Dürfte ich fragen...

... was Euch hierherführt?

Ich wollte mit Euch über Euren Tod sprechen.

Die Ursache wird momentan untersucht...

... aber man geht davon aus, dass Ihr eine Art unnachweisbaren Gifts zu Euch genommen habt.

Gift?

Bedeutet das etwa, dass ich ermordet wurde?

Das können wir leider nicht sagen, da wir keine Autopsie durchführen konnten.

TROPF

Außerdem haben wir keinerlei Beweise.

Eine Autopsie?

Warum schaut er so enttäuscht? Wir sind hier doch nicht in einem Thriller!

Könnt Ihr Euch immer noch nicht daran erinnern, was vor Eurem Tod passiert ist?

...

Nein, leider nicht...

Erinnert Ihr Euch an jenen Vorfall vor sechs Monaten...

... bei dem Ihr versucht habt, Euch selbst zu vergiften?

Später habt Ihr mir offenbart, dass Ihr es nur auf meine Aufmerksamkeit abgesehen hattet.

Stimmt...

Ja, daran erinnere ich mich.

War es dieses Mal genauso?

Nein, ich möchte mir doch nicht das Leben nehmen...!

Aber Abigail wäre dazu in der Lage.

Sie ist die Art von Frau, die für Aufmerksamkeit einen auf krank macht, in einen See springt oder Gift trinkt.

HAHA

Warum muss ich jetzt dafür geradestehen?!

Dieses Mal war das nicht der Fall!

Wer würde sich denn bitte für Aufmerksamkeit umbringen?!

Außerdem wäre es doch offensichtlich, dass Ihr mich verdächtigt! Warum sollte ich so was tun?

...

SEUFZ

Hat ihn das nicht überzeugt?

Ihr werdet nie das von mir bekommen, was Ihr Euch wünscht.

Es wäre also schön, wenn Ihr mit diesen Späßchen aufhören würdet.

...

Was?

Wovon redet er denn da?!

RÄUSPER

Nach dem, was ich getan habe, kann ich nachvollziehen, warum Ihr das sagt.

Aber...

Eure Aufmerksamkeit ist mir nicht mehr wichtig.

Was?

So plötzlich?

Mir ist klar geworden, dass es hoffnungslos ist.

Egal, wie sehr ich mich auch anstrenge, ich werde nur von Euch bemitleidet.

Und das will ich nicht.

DRÜCK

Ich möchte Euch also einen Vorschlag machen.

I...In getrennten Zimmern?

Genau, was haltet Ihr davon?

Es ist schon schwer genug, jeden Tag mit einem Fremden im Bett einzuschlafen...

... aber dann noch an Schlafparalyse zu leiden, weil ich jedes Mal so angespannt bin, gibt mir den Rest.

Das ist der einzige Weg, wie wir ein friedliches Leben führen können! Komm schon, Sabrian!

Sag ja...!!

Gut, ich werde ein separates Zimmer für Euch vorbereiten lassen.

Großartig!!

... würde ich Euch gerne noch um etwas bitten.

Was denn noch?

Da Ihr meinen Vorschlag angenommen habt...

Ich werde Euch nicht mehr dazu zwingen, Eure Rolle als Ehemann einzunehmen.

Es wäre aber schön, wenn Ihr Eurer Rolle als Vater nachkommen würdet.

Das ist meine Bitte.

Meine Rolle als Vater...?

Ja. Da Ihr kein Interesse daran habt, für mehr Nachkommen zu sorgen, solltet ihr die eine Tochter wertschätzen, die Ihr habt.

Sie ist Euer einziges Kind.

Also solltet Ihr sie mit Liebe überschütten.

Ihr habt recht, sie ist mein Kind.

Genau, das wollte ich damit...

Ich habe also das Recht dazu, mich zur Kindererziehung zu äußern!

Bitte kümmert Euch besser um Blanche.

Mehr verlange ich nicht.

Wenn Ihr mich nun entschuldigen würdet.

VERBEUG

DREH

...

Ah!

Wir sollten heute schon in getrennten Zimmern schlafen.

Der König und die Königin schlafen in separaten Zimmern?!

Ja, Fräulein Noma.

Ihre Hoheit war sogar diejenige, die es vorgeschlagen hat.

Was sie wohl dieses Mal im Schilde führt...?

SEUFZ

Bitte?

Liegt es nicht daran, dass die beiden nicht miteinander auskommen?

HALT

Fräulein Noma?

Clara, du bist recht neu hier kennst dich wohl noch nicht so gut aus.

Sei der Königin gegenüber nicht so naiv.

Wenn sie sauer ist, lässt sie ihre Wut an den Dienstmädchen aus. Sei also vorsichtig, was du sagst.

Sie erlaubt uns auch nicht, Schmuck zu tragen, also kleide dich stets schlicht.

MURMEL

MURMEL

Es wäre besser...

... wenn du die Ohrringe abnimmst.

Oh, natürlich!!

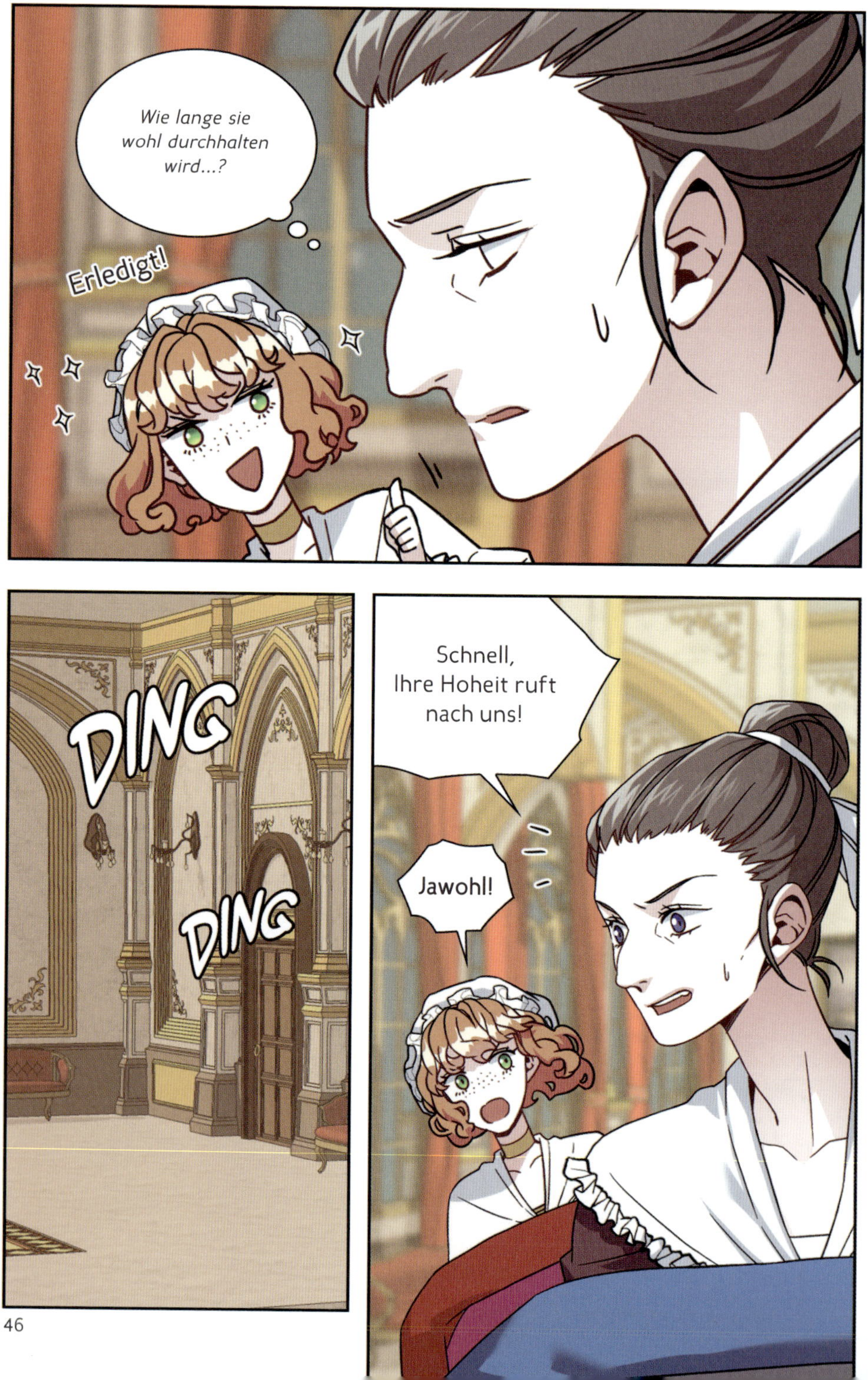

46

Ihr habt nach uns gerufen, Eure Hoheit.

Ich möchte euch eine Frage stellen...

Wird sie wieder ihren Ärger an uns auslassen?

Jawohl, Eure Hoheit.

Hier drüben...

Wie soll ich nur darauf antworten?

I... Ich denke nicht...

... dass Prinzessin Blanche diese Schuhe verdien...

Ihr würden beide Paare ausgezeichnet stehen!

Clara?!!

Sie wird bestimmt sauer auf uns sein...!!

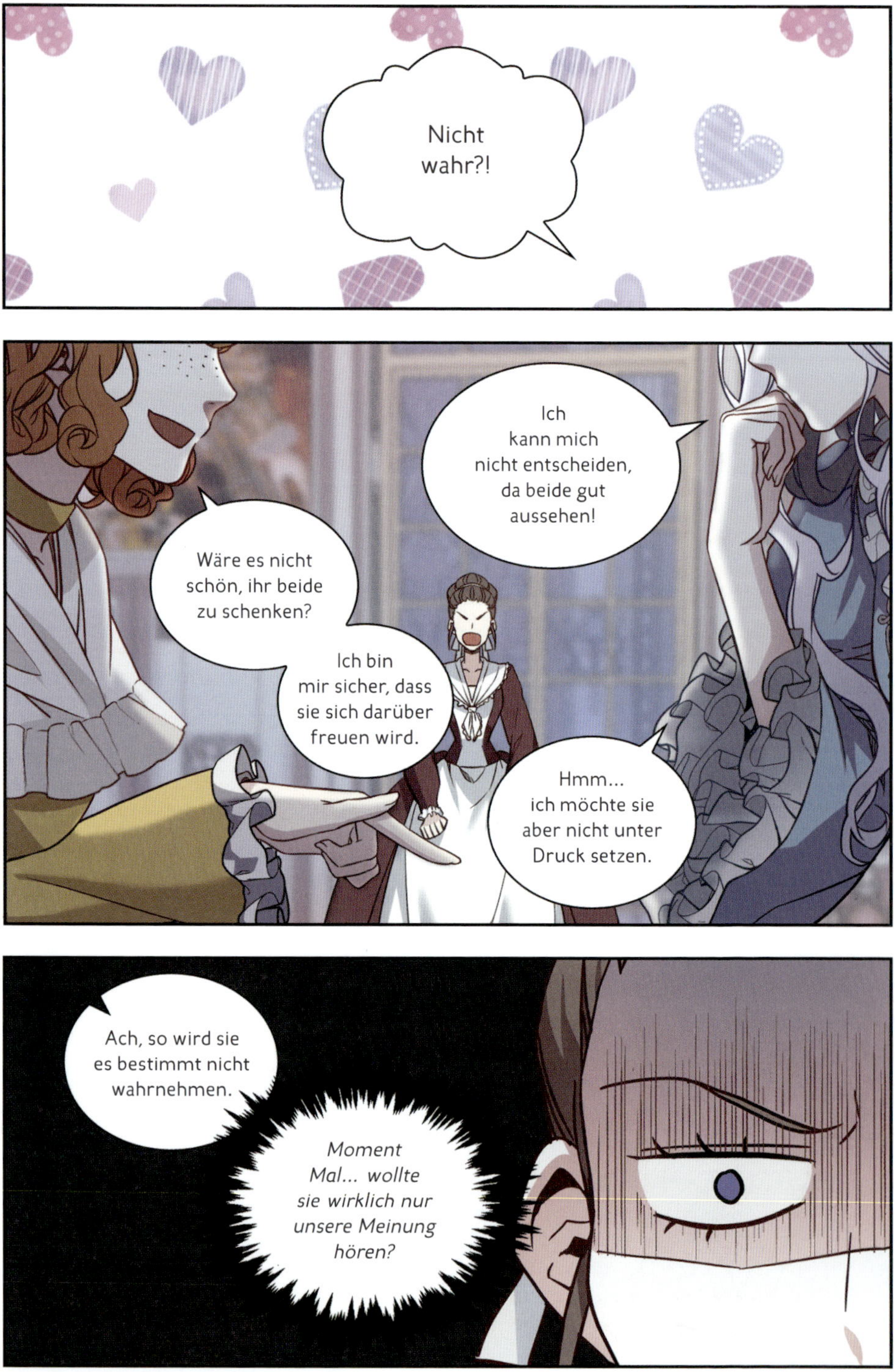

Nicht wahr?!

Ich kann mich nicht entscheiden, da beide gut aussehen!

Wäre es nicht schön, ihr beide zu schenken?

Ich bin mir sicher, dass sie sich darüber freuen wird.

Hmm... ich möchte sie aber nicht unter Druck setzen.

Ach, so wird sie es bestimmt nicht wahrnehmen.

Moment Mal... wollte sie wirklich nur unsere Meinung hören?

Noma?

Sie sieht so angespannt aus...

Könnt Ihr Euch nicht entscheiden?

N...Nicht doch...

Ähm...

Ich bin mir sicher...

... dass sie sich freuen wird.

Haah...

La...

♫ La...

Lala... ♪

WEDEL WEDEL WEDEL

Clara, du scheinst heute sehr gut gelaunt zu sein.

Ah!

Findest du nicht, dass ich heute ein wenig eleganter...

... und strahlender aussehe?

55

Ich habe bereits viel zu viel Schmuck...

... sucht euch was aus.

AH

Ich war ja so nervös, weil ich nur Schlechtes über sie gehört hab...

... aber in echt ist sie soo nett!

Ich hab auch eine Brosche bekommen, aber ich bin mir nicht sicher, ob ich sie wirklich behalten darf...

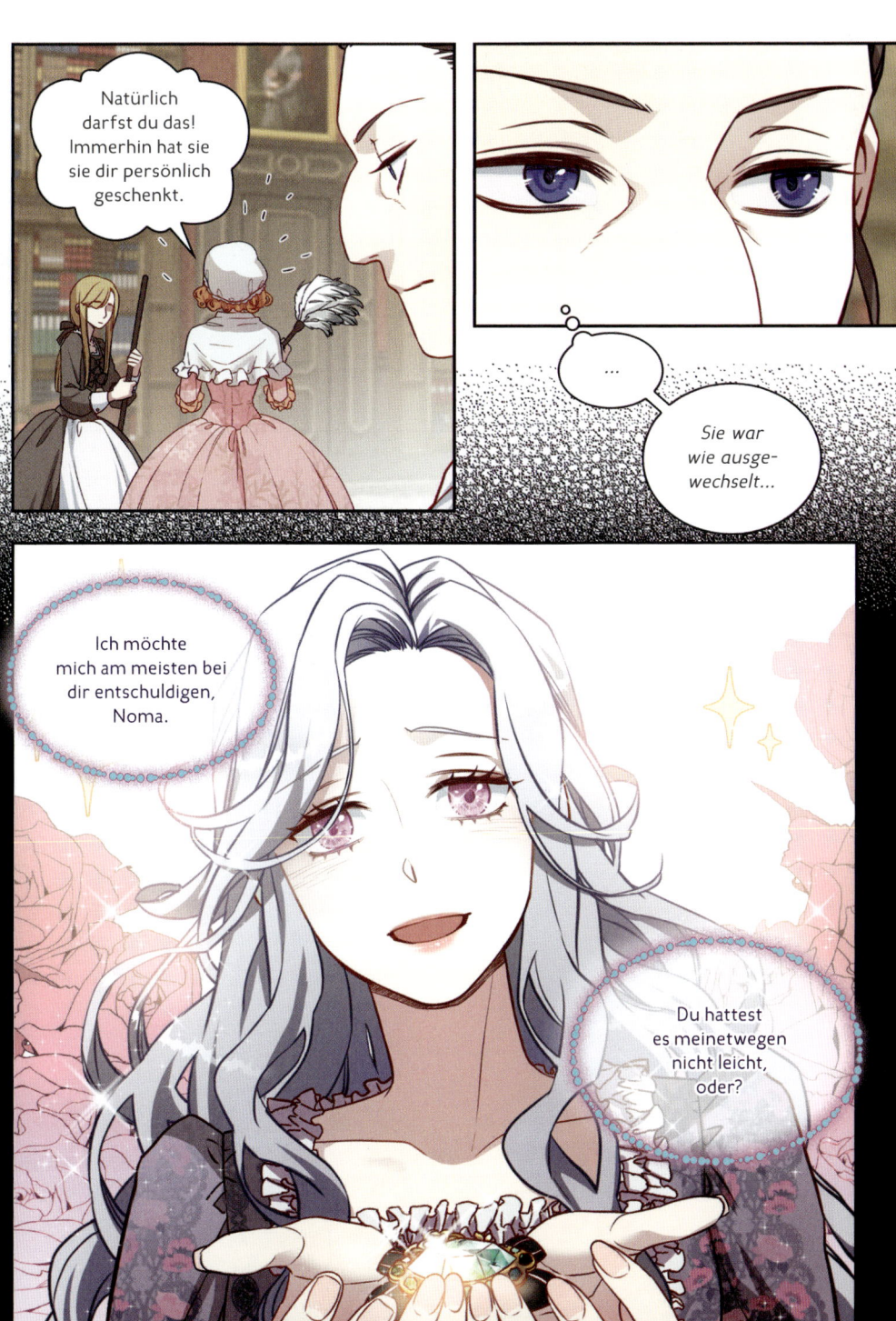

57

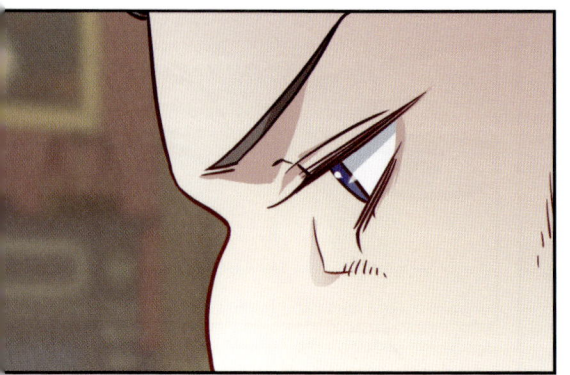

Ist sie etwa wirklich ein anderer Mensch?

KLACK

Clara.

Heute werden neue Kleider für Prinzessin Blanche angefertigt, nicht wahr?

Ja, Eure Hoheit!

Ich kann es kaum erwarten...

... Blanche in neuen Kleidern zu sehen!

Ach, ich freu mich so!!

Ich weiß jetzt schon, dass ich mich in ihrer Niedlichkeit verlieren werde!

KRRCK

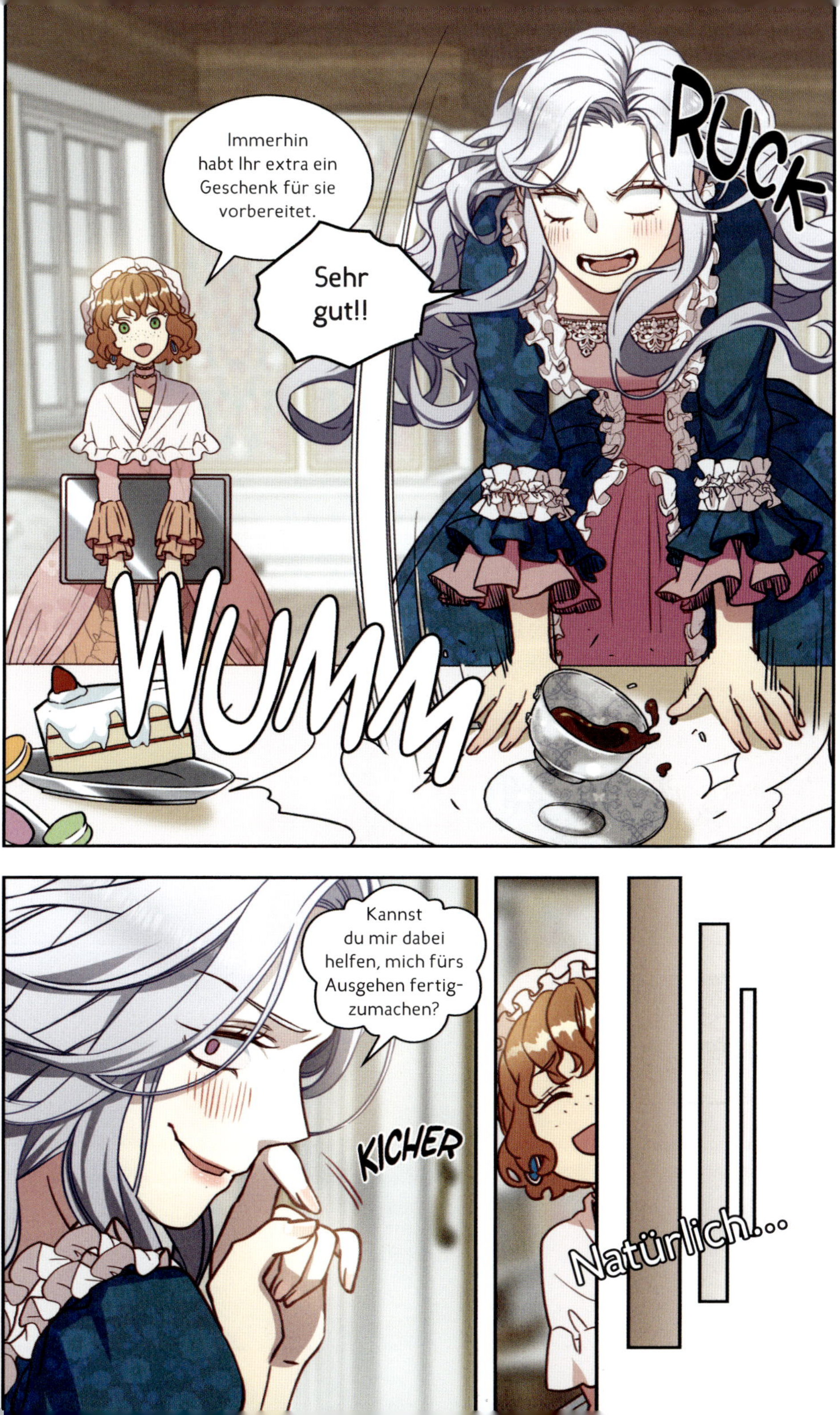

Hmm...

Eure Hoheit, fühlt Ihr Euch unwohl? Soll ich später wiederkommen?

Nicht doch, ich habe seit meiner Hochzeit nicht mehr so gut geschlafen. Mir geht es ausgezeichnet.

Bereitet Euch etwas anderes Sorgen?

Hmm...

Diese Vorgehensweise ist mir neu...

Bitte?

KNALL

Urgh, meine Blanche!!

Auch heute siehst du wieder niedlich aus!

Wenn mein Chef dich gesehen hätte, hätte er dich sofort als Model unter Vertrag genommen!!

Ach, ich wäre ja so glücklich, wenn Blanche meine Entwürfe tragen würde!

Wie lange müssen wir noch draußen warten?

KEUCH

KEUCH

Warte mal, ich bin doch ihre Mutter! Ich kann ihr anziehen, was ich will!

Dann kann ich mir endlich meinen Traum erfüllen...!! Huhu... huhuhu...

Fräulein Jeremy, was haltet Ihr von diesem Kleid?

Hmm...

Fräulein Jeremy
Blanches Lehrerin and
Kindermädchen

Es sieht nicht schlecht aus. Zeigen Sie mir bitte noch andere.

Was?! Was soll das werden?!

Du sollst nach Kleidern für Blanche suchen!!

Und nicht für dich selbst!!

Hm...?

Die anderen Kleider sind auch alle...

Sind das nicht alles Kleider für Erwachsene?

Kinder und Erwachsene tragen komplett unterschiedliche Kleidung.

Da Kinder sehr sensible Haut haben und schnell wachsen...

... müssen ihre Klamotten weich und bequem sein.

Vor ein paar Jahr-hunderten wurde das aber noch nicht berücksichtigt...

... weswegen Kinder das Gleiche wie Erwachsene trugen.

Sie mussten sogar hohe Schuhe und ein Korsett tragen.

Ich kann nicht fassen, dass ich mitansehen muss...

...worüber ich in Büchern gelesen habe!

Reiß dich zusammen, Lilly.

Konzentrier dich erst mal auf die Designs!

Das ist meine Chance, rauszufinden, was Blanche mag!

Meine Blanche! Deine Mutter wird dafür sorgen, dass du nur noch bequeme Kleider tragen wirst!!

70

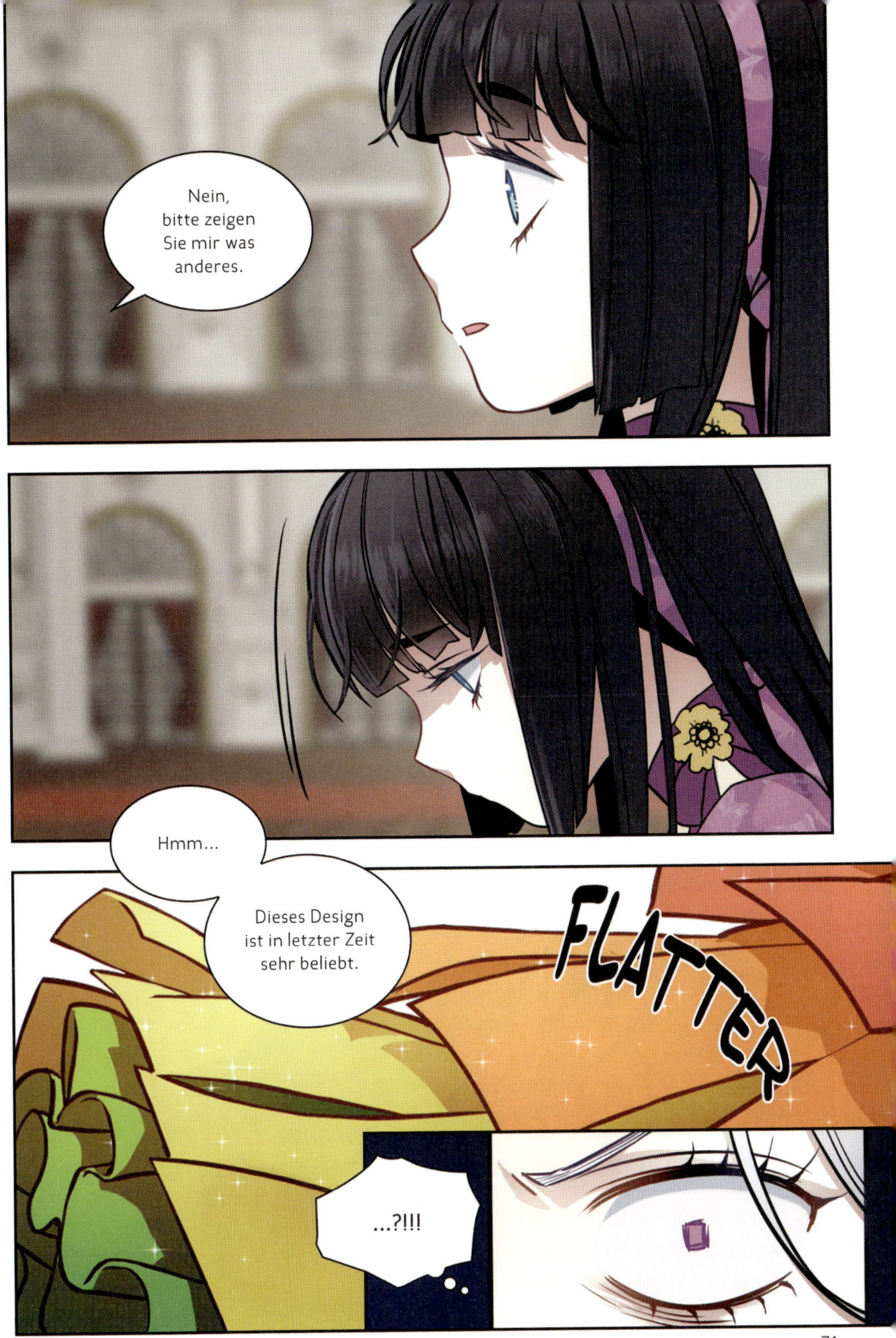

Nein, bitte zeigen Sie mir was anderes.

Hmm...

Dieses Design ist in letzter Zeit sehr beliebt.

...?!!!

FLATTER

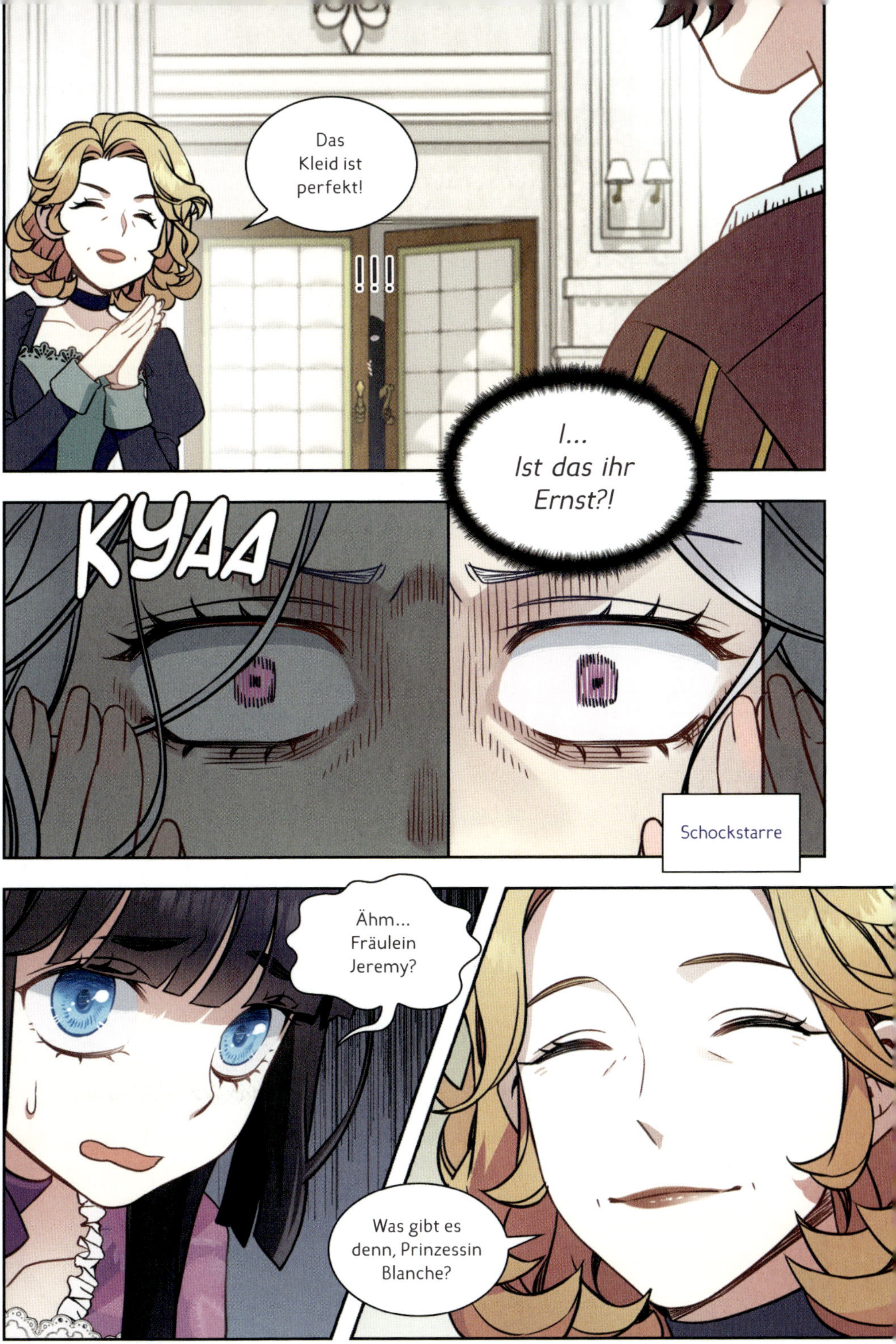

...

N...Nichts...

Ich habe noch ein weiteres Design, das in den Nachbarländern sehr angesagt ist.

Ich bin mir sicher, dass es hier auch bald an Beliebtheit gewinnen wird.

KLACK

FLATTER

Nein.

So ein Kleid passt nicht zur Prinzessin.

Wir bestellen nur die Kleider, die wir ausgesucht haben.

Wie Ihr wünscht.

Ich werde sofort mit der Produktion beginnen.

SENK

Nein!! Meine arme Blanche hat sich so über das pinke Kleid gefreut!!

Ahh, entscheid dich um!!

Siehst du denn nicht, dass sie den Tränen nahe ist?!

Interessieren dich ihre Gefühle überhaupt nicht?!

!!

Herzlich Willkommen, Eure Hoheit.

W... Willkommen, Eure Hoheit.

Mir wurde gesagt, dass der Schneider hier ist, um neue Frühlingskleider für Prinzessin Blanche auszusuchen.

Wie geht es voran?

Wir haben gerade die Bestellung aufgegeben.

TADAA

Hmm...

Blanche hat keines dieser Kleider ausgewählt...

Prinzessin Blanche, welches dieser Kleider gefällt dir am meisten?

ZUCK

Ich... m... mag alle...

NERVÖS

Ich verstehe.

Sie traut sich also nicht, ehrlich zu sein.

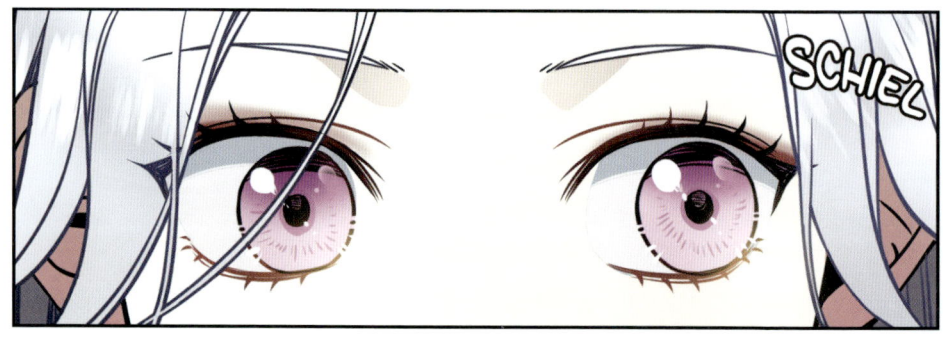

SCHIEL

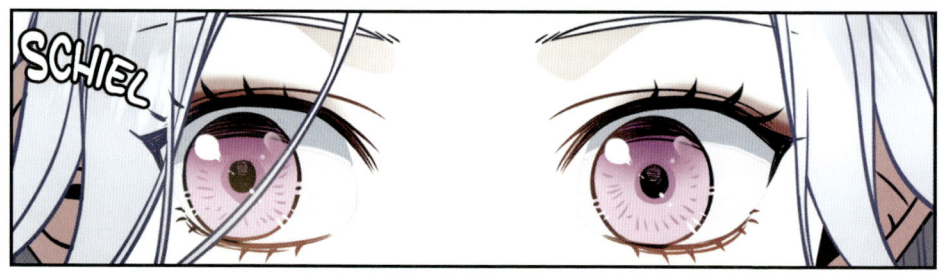

SCHIEL

Ich bin mir sicher, dass sie in den Boxen hier sind...

KLACK

KLACK

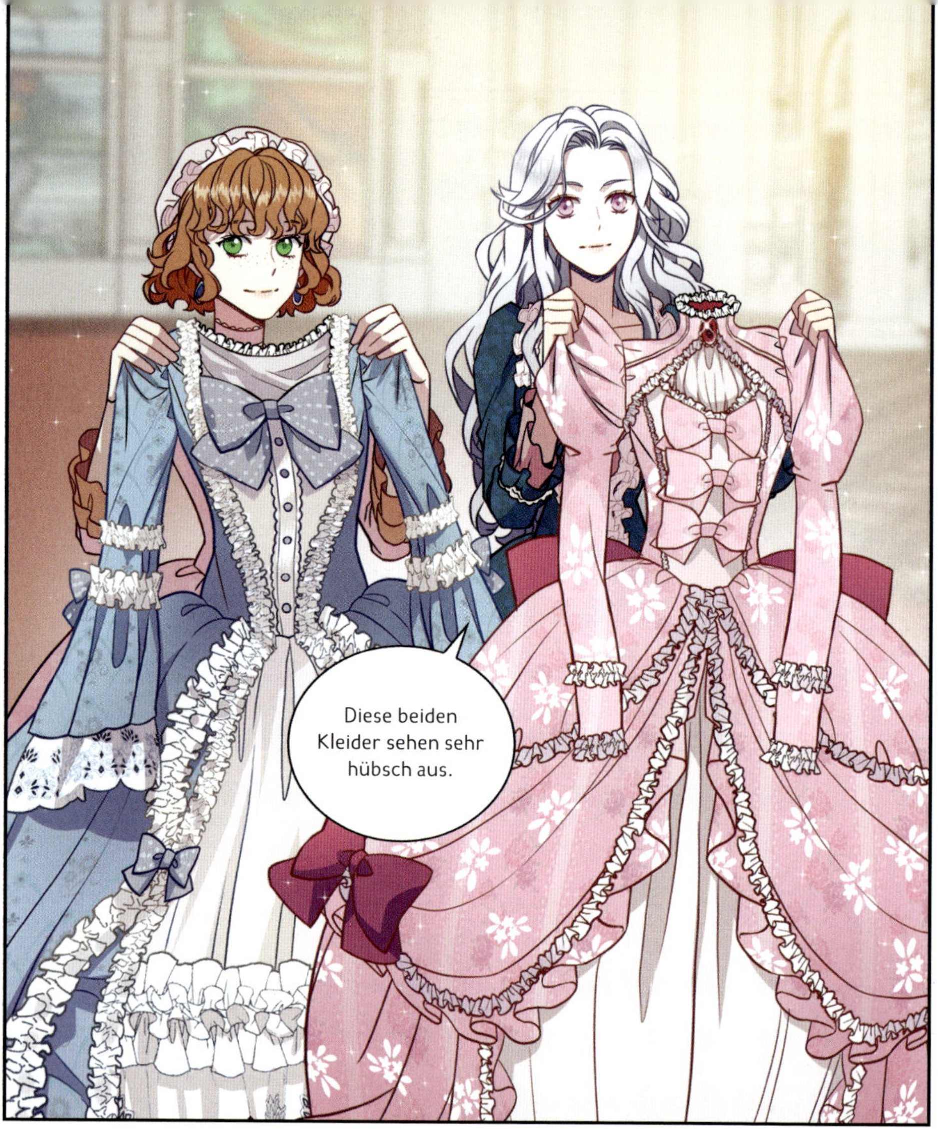

Diese beiden Kleider sehen sehr hübsch aus.

Findest du nicht auch, Prinzessin Blanche?

ZUCK

J...Ja!
Sie sind
wunder-
schön!

Ich glaube,
dass ihr noch andere
Kleider gefallen
haben...

ZAPPEL
ZAPPEL

Aber ich
kann mich nicht
mehr an sie
erinnern...

DREH

KRÜMEL

KEUCH

KEUCH

Sie... ist so niedlich.

Ich möchte, dass alle Kleider auf die Größe der Prinzessin angepasst werden.

Ich werde sie alle kaufen.

Auf einen Schlag.

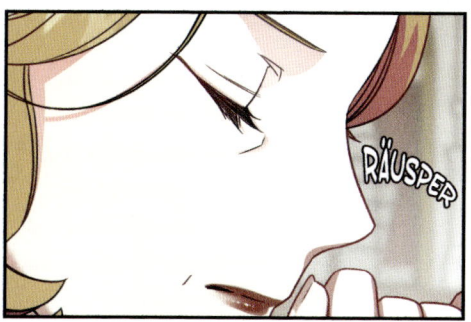

RÄUSPER

Aber, Eure Hoheit...

... das Budget der Prinzessin reicht nicht aus, um alle Kleider zu bestellen.

Deswegen werde ich ja dafür aufkommen.

Immerhin bin ich der Kö... ich meine, die Königin des Landes.

Da ich die Bestellung bezahle, sollte es keine Probleme geben.

Eure Hoheit...

Hm?

Du musst dir keine Sorgen deswegen machen, Prinzessin Blanche.

Ich habe bereits viel zu viele Kleider. In nächster Zeit werde ich mir keine neuen kaufen.

Aber...

Hmm... könnte ich dich stattdessen um einen Gefallen bitten?

N...
Natürlich!

Ich werde
alles für Euch tun,
Eure Hoheit!

Sobald
die Kleider
ankommen,
möchte ich...

... dass du
dein Lieblingskleid
anziehst und es
mir zeigst.

Mehr...
nicht?

Nein,
das ist
alles.

*Wie schade,
dass ich keine Bilder
von ihr machen
kann.*

Dann werde ich nun gehen.

Ach, stimmt ja.

Ich bin eigentlich hergekommen...

... um dir diese Schuhe zu schenken.

Oh! Aber Ihr habt mir doch schon so viele Kleider gekauft...!

Ich möchte auch unbedingt sehen, wie du in den Schuhen aussiehst.

Versprich mir, dass du sie mir später vorführst.

Eure Hoheit...

VERBEUG

Bitte entschuldigt mich nun.

KLACK KLACK
KLACK

95

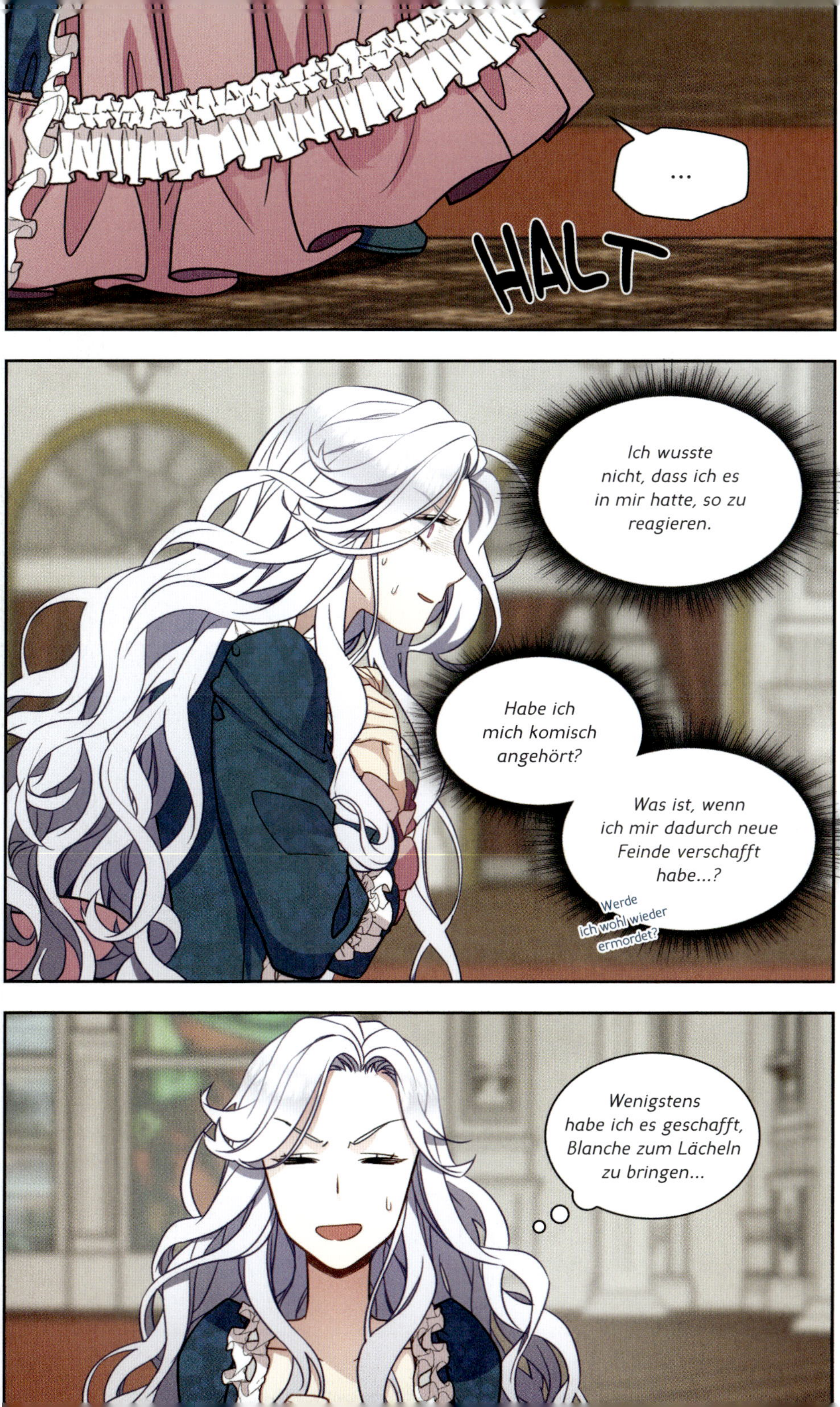

...

HALT

Ich wusste nicht, dass ich es in mir hatte, so zu reagieren.

Habe ich mich komisch angehört?

Was ist, wenn ich mir dadurch neue Feinde verschafft habe...?

Werde ich wohl wieder ermordet?

Wenigstens habe ich es geschafft, Blanche zum Lächeln zu bringen...

Eure Hoheit...!

Genau.
Sie hat sogar
nach mir gerufen,
ohne ängstlich
zu sein...

Hm?

Eure
Hoheit!!

B...Blanche?!

Prinzessin Blanche, was gibt es denn?

Warum rennst du?

I...Ich...

Ihr meintet doch...

... dass Ihr mich...

... in meinen neuen Schuhen sehen wollt.

Ist Ihr auf einmal peinlich

SCHIEL

Oh...

Hehe...

Ich freue mich sehr darüber!

Vielen Dank, Eure Hoheit!

ERRÖT

Wenn ich ihr Lächeln sehe, fühle ich mich ganz warm und angenehm...

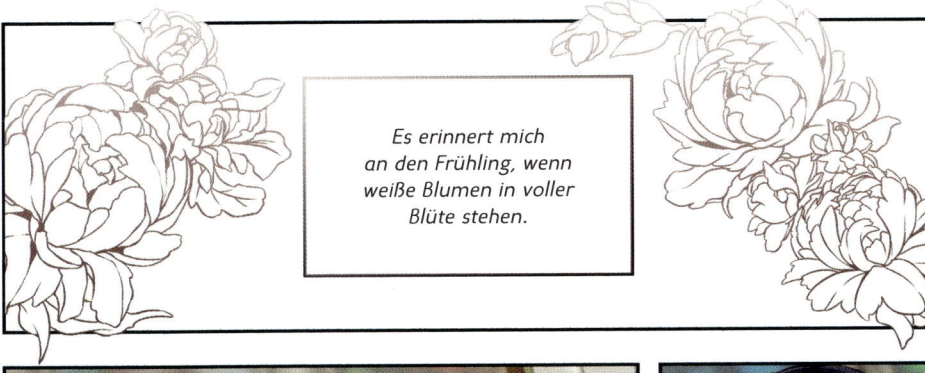

Es erinnert mich an den Frühling, wenn weiße Blumen in voller Blüte stehen.

Prinzessin Blanche, wir müssen noch Eure Maße nehmen!!

Oh! Ich sollte wieder los.

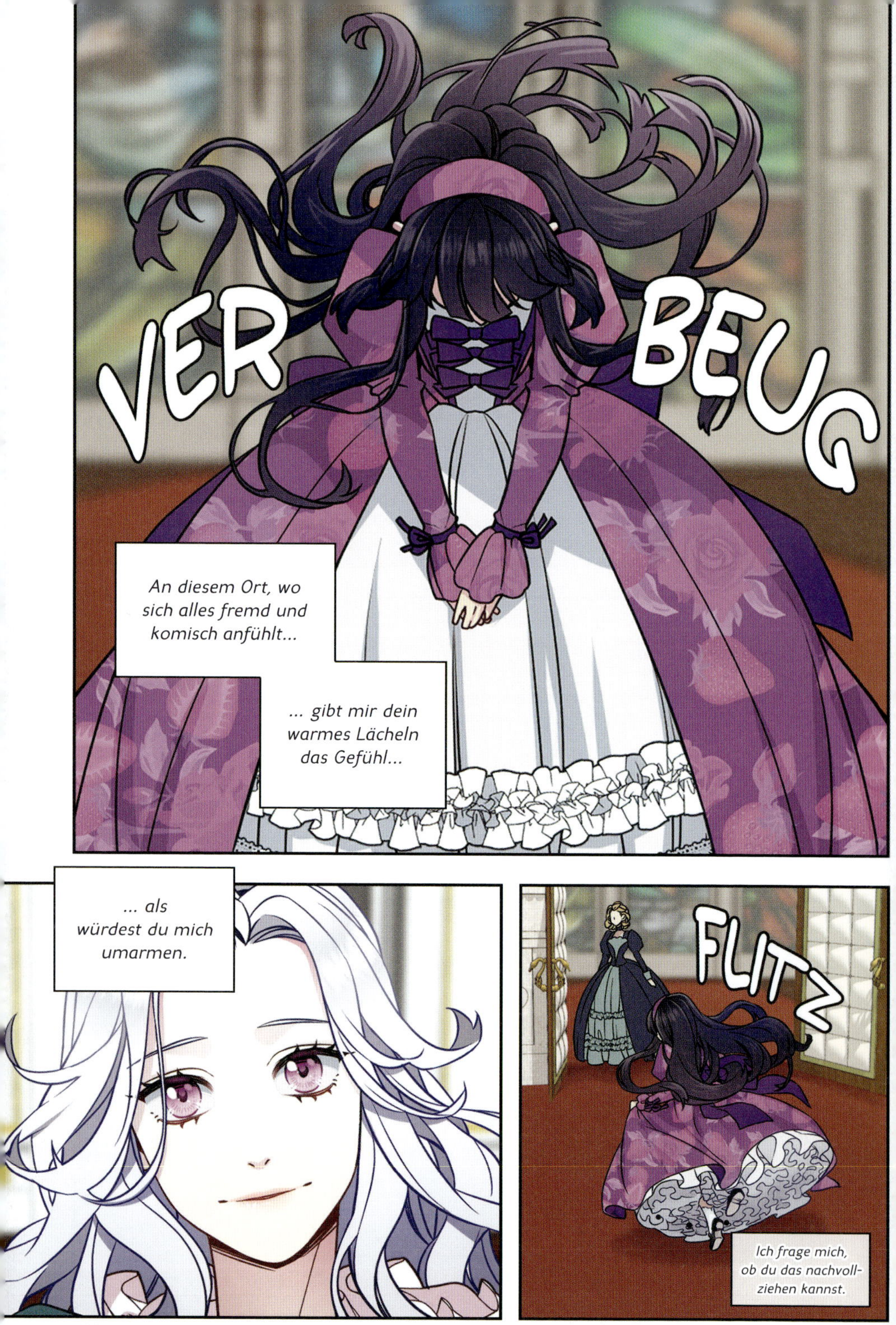

VER BEUG

An diesem Ort, wo sich alles fremd und komisch anfühlt...

... gibt mir dein warmes Lächeln das Gefühl...

... als würdest du mich umarmen.

FLITZ

Ich frage mich, ob du das nachvollziehen kannst.

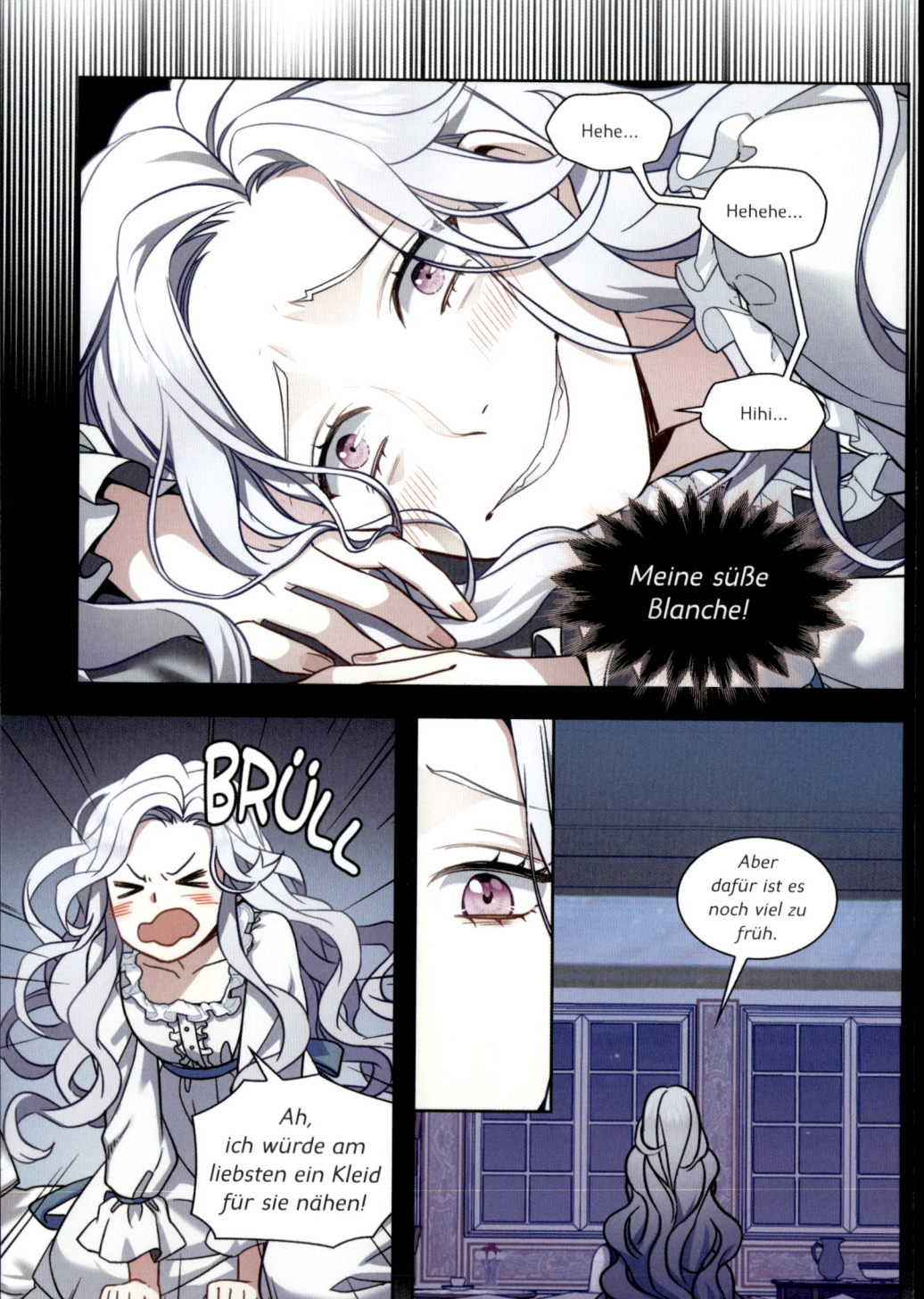

So, wie ich Blanche kenne...

... würde sie sogar das schlimme bunte Kleid anziehen, wenn ich es ihr schenken würde.

Mir... gefallen alle Kleider.

Sie ist nur darauf bedacht, die Erwachsenen nicht zu verärgern...

Aber sie ist doch noch ein kleines Kind.

Ich will mich mit ihr anfreunden!

SCHÜTTEL

Das gefällt mir nicht.

SCHÜTTEL

Damit sie mir ins Gesicht sagen kann, wenn ihr etwas nicht gefällt!

Auch heute...

... läuft sie wieder dem Kind hinterher.

Über-
wacht sie
Blanche?

Was
führt sie nur
im Schilde?

»Bitte
kümmert
Euch besser um
Blanche.«

Da sie so etwas zu
mir gesagt hat, ist
es komisch, dass sie
Blanche beschattet.

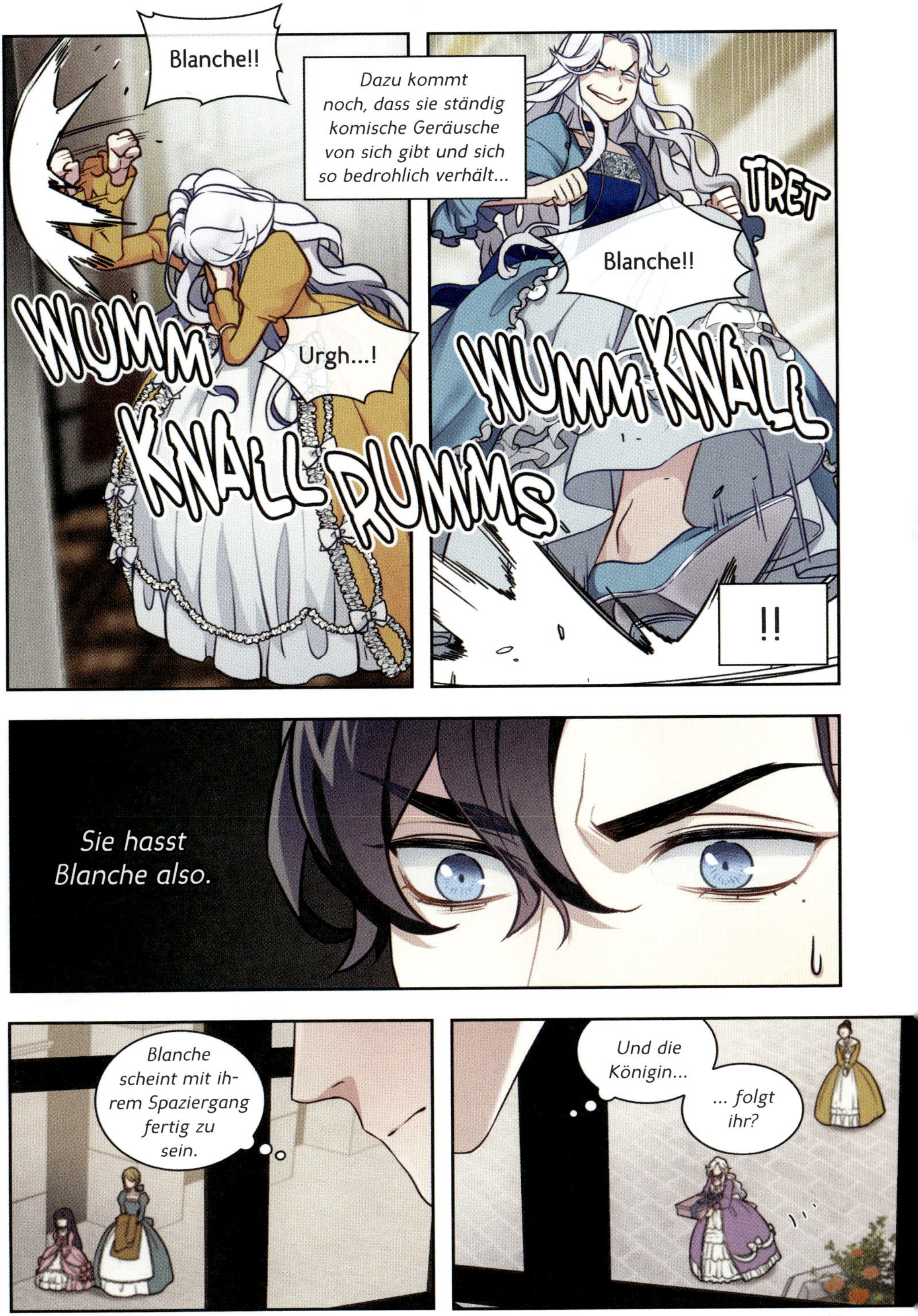

Blanche!!

Dazu kommt noch, dass sie ständig komische Geräusche von sich gibt und sich so bedrohlich verhält...

Blanche!!

WUMM KNALL RUMMS

Urgh...!

TRET

WUMM KNALL

!!

Sie hasst Blanche also.

Blanche scheint mit ihrem Spaziergang fertig zu sein.

Und die Königin...

... folgt ihr?

Was ist das...?

BALL

Das ist also dein wahres Ich, Abigail...

SCHIEL

Die letzten Wochen habe ich damit verbracht, mehr über die Prinzessin zu erfahren.

Jetzt muss ich nur noch das perfekte Timing abwarten, um ihr mein Geschenk zu überreichen!

Soll ich einfach so tun, als wären wir uns zufällig begegnet?

KICHER

Hmm, nein. Ich will ja nicht bedrohlich rüberkommen...

W...Was soll ich nur machen? Und sagen?!

Ich bin voll nervös!

Hmm... ich sollte das aus ihrer Sicht betrachten.

Was wäre, wenn ich von einem Spaziergang nach Hause komme...

... und vor meinem Haus steht mein Chef, mit dem ich mich noch nicht so gut verstehe...

Chef?!

... der mir ein Geschenk hinhält.

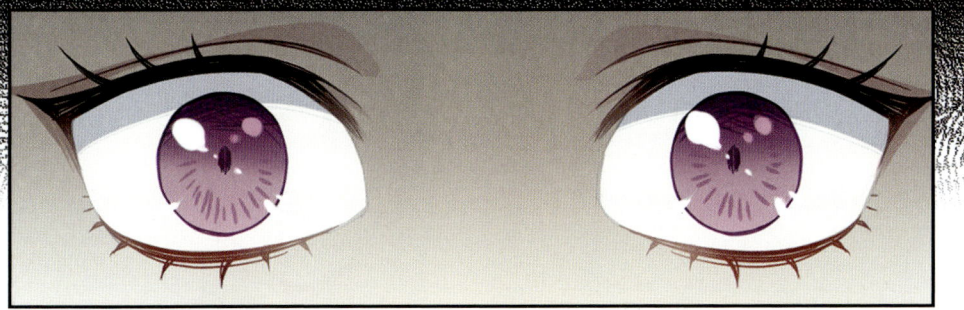

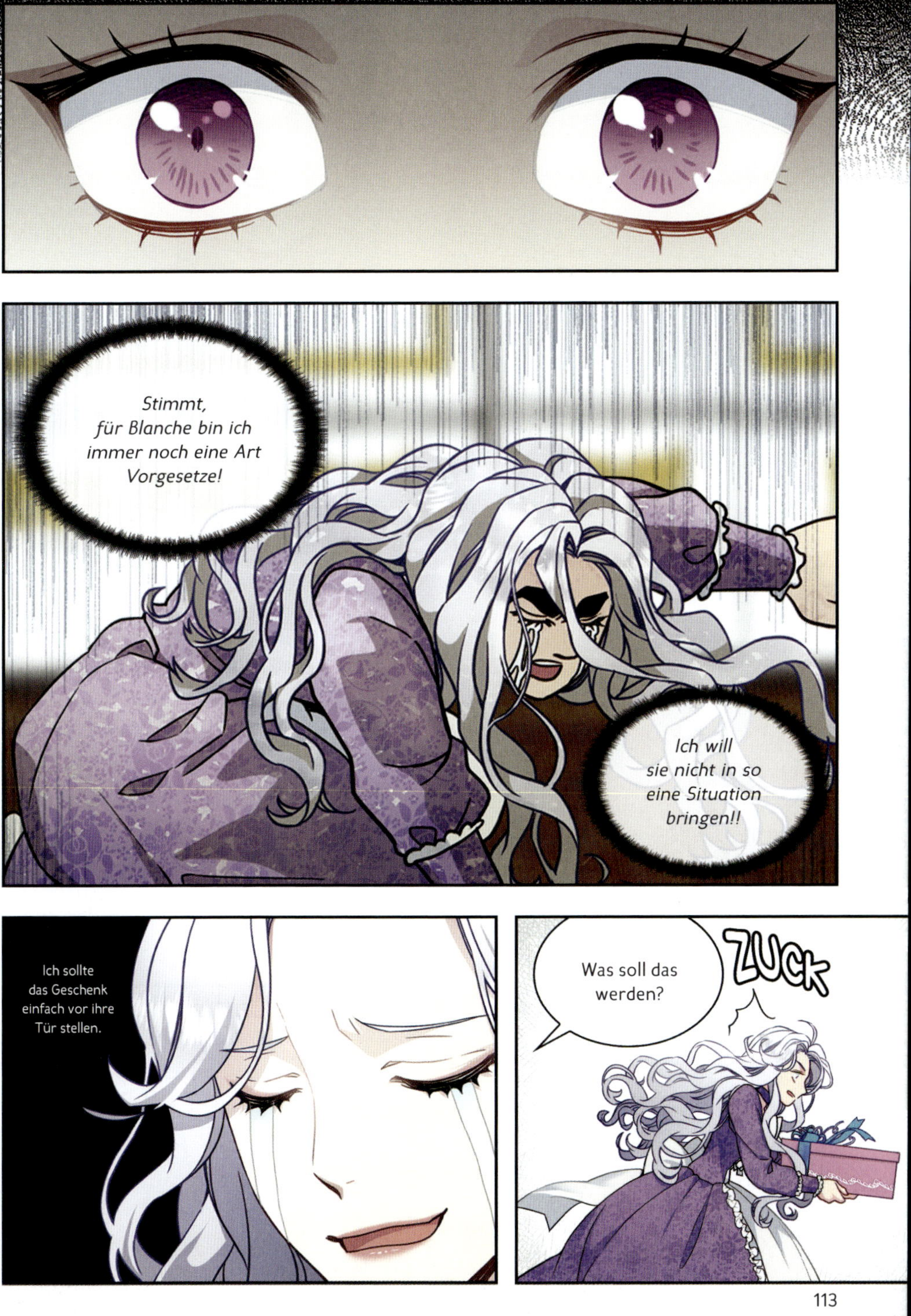

Stimmt,
für Blanche bin ich
immer noch eine Art
Vorgesetze!

Ich will
sie nicht in so
eine Situation
bringen!!

Ich sollte
das Geschenk
einfach vor ihre
Tür stellen.

Was soll das
werden?

ZUCK

E...Eure Hoheit?!

Was führt Euch hierher?

Wie ist es Euch ergangen?

Ich war gerade dabei, Prinzessin Blanche ein Geschenk zu hinterlassen.

Ein Geschenk?

ZUCK

Ja, ein Geschenk.

?

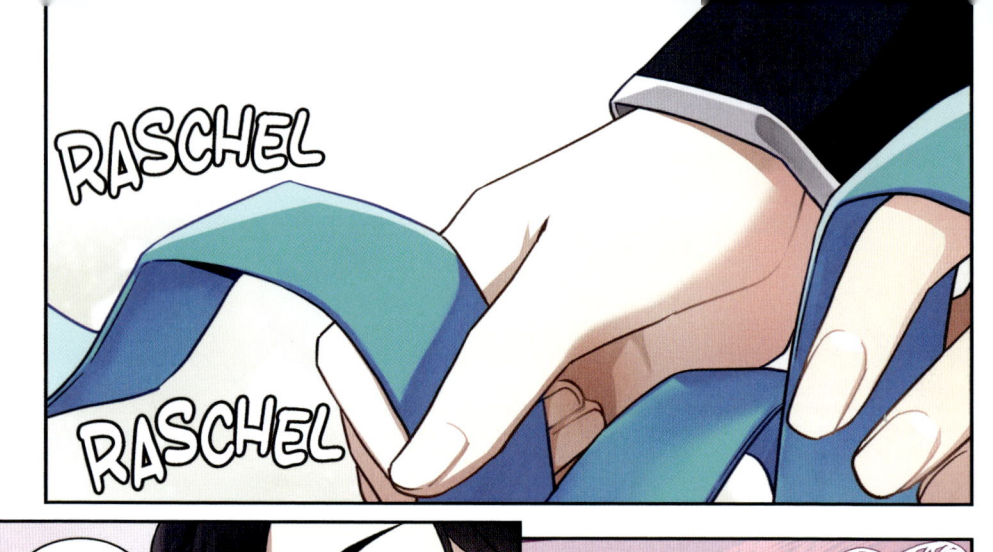

RASCHEL

RASCHEL

Hm?

Wie Ihr sehen könnt, handelt es sich um ein Kuscheltier.

KRATZ

Tut es dir leid, mich verdächtigt zu haben?!

Der Hase trägt das gleiche Kleid wie Blanche!!

Obwohl es mich nervt, dass du das Geschenk vor Blanche gesehen hast...

... kann ich es kaum erwarten, wie niedlich sie aussehen wird, wenn sie ihn hält!

POFF

TSCH ING

KRAM

KRAM

KRAM

Was...?

KLOPF KLOPF

Es war also wirklich nur ein Kuscheltier...

Ich dachte, dass ich Nadeln darin finden würde.

Was soll das werden, Eure Hoheit?!

Wie überraschend.

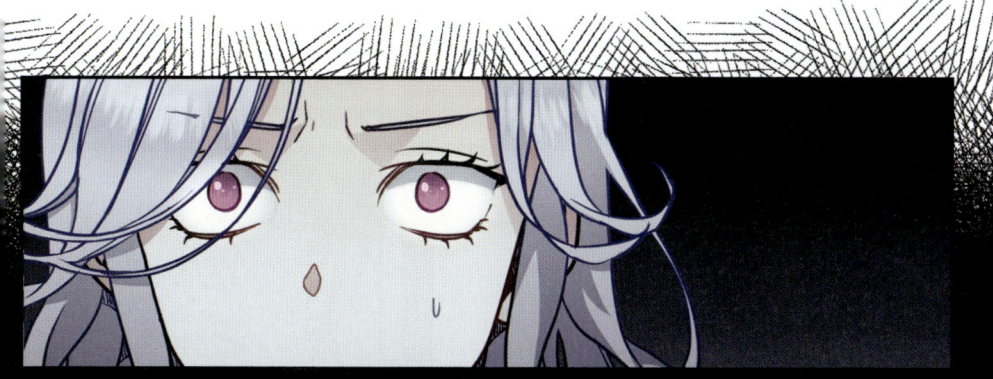

Ah, ich verstehe.
Diesem Mann...

... tut
es überhaupt
nicht leid, was er
gerade getan
hat.

Es war mir schon klar, dass er Abigails Absichten nicht trauen würde.

Aber... musste er wirklich so weit gehen?

?

Ich habe das Kuscheltier extra für Blanche angefertigt...

Ich wollte doch nur, dass sie sich darüber freut.

Die zerfetzten
Stücke des Kuschel-
tieres sahen aus
wie ich.

Stück für
Stück hob ich die
zerrissenen Teile
meines Herzens
wieder auf.

Vorsichtig,
als wäre jedes
Teil so wertvoll wie
das Kuscheltier
selbst.

Eure
Hoheit?
Vater?

Prinzessin Blanche.

WISCH

Oh...
ähm...

Ist
es dir gut
ergangen?

Ja, Eure Hoheit.

Aber... was ist das?

Ah...!

Na ja...

BLITZ

...

Egal, wie wenig wir uns auch ausstehen können...

... Eltern sollten niemals vor ihren Kindern streiten.

HAAH...

Eure Hoheit…
… eines meiner Dienstmädchen ist sehr gut im Nähen.
Es macht also nichts.
Ich bin mir sicher, dass es den Hasen reparieren kann.

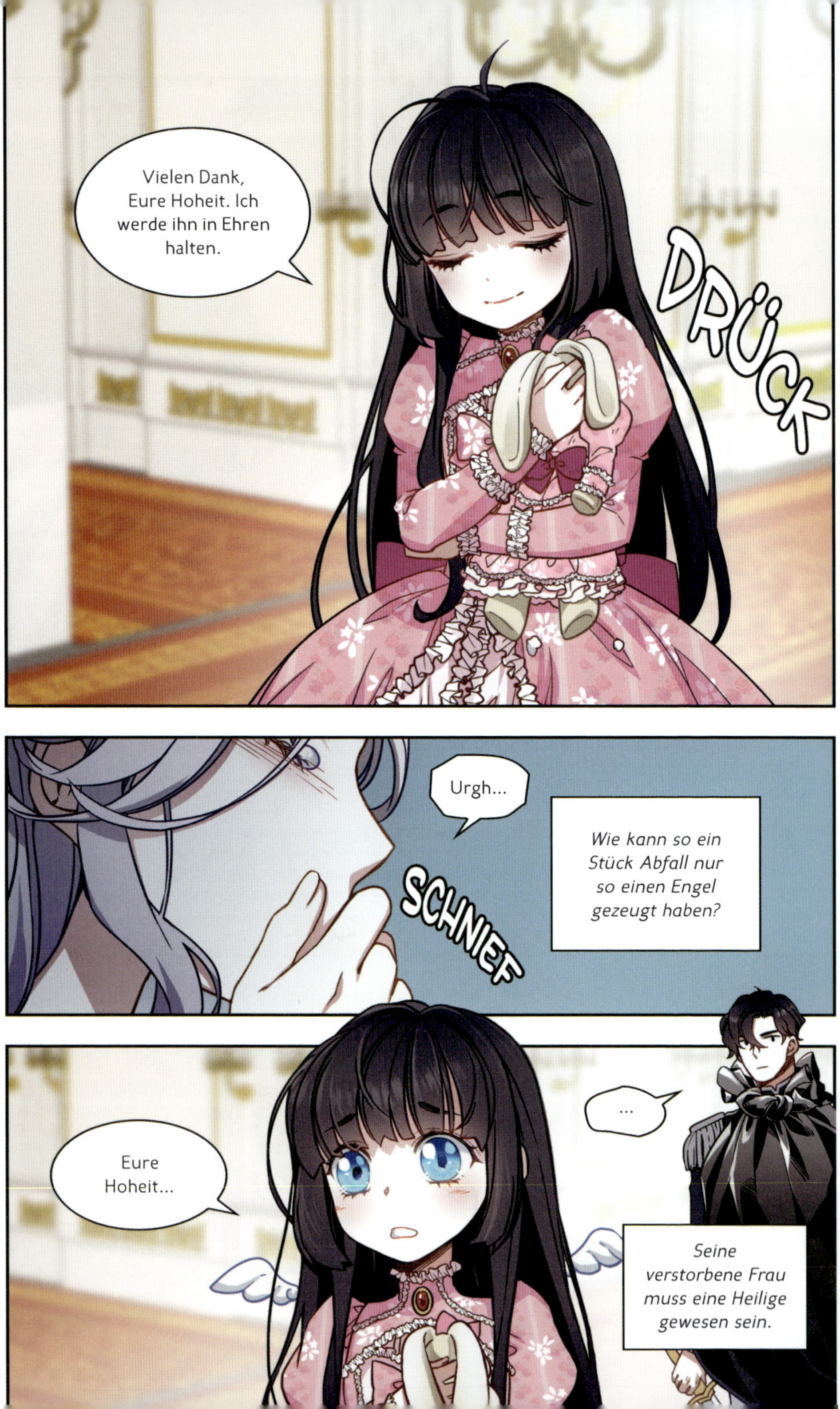

Vielen Dank, Eure Hoheit. Ich werde ihn in Ehren halten.

DRÜCK

Urgh...

SCHNIEF

Wie kann so ein Stück Abfall nur so einen Engel gezeugt haben?

Eure Hoheit...

...

Seine verstorbene Frau muss eine Heilige gewesen sein.

Es tut mir leid, dass ich vor deinem Zimmer solch einen Aufruhr veranstaltet habe.

Ich werde nun gehen, ruh dich ein wenig aus.

I...In Ordnung!

KLACK KLACK KLACK KLACK

KLACK

WUSCH

Argh,
ist mir das
peinlich...!

Wie konnte
ich mich nur so vor
einem Kind verhalten?
Reiß dich zusammen,
Lilly...!

Puh...
okay.

Ich
muss das
Ganze positiv
sehen.

HAAH...

133

Gibt es irgendwelche neuen Gerüchte über die Königin?

Es wird rumerzählt, dass sie die Dienstmädchen nicht mehr schikaniert.

Nein, sie ist sogar nett zu ihnen.

Sie soll Blanche in letzter Zeit auch viele Geschenke gemacht haben.

ZUCK

Geschenke...?

Die Frau...

Ich habe noch nie solch einen Gesichtsausdruck an ihr gesehen.

Was geht hier nur vor sich?

Denkst du, dass die Königin ein neues Leben begonnen hat?

Ich gehe davon aus...

... dass sie uns allen nur was vorspielt.

Sie hat bestimmt nur vor, alle auf ihre Seite zu ziehen.

Das dachte ich auch.

Aber...

Ist es wirklich nur gespielt?

Was führt euch hierher?

Bitte entschuldigt uns.

Wir sind hier, um über die Möglichkeit einer zweiten Königin zu sprechen.

Wie bitte?!

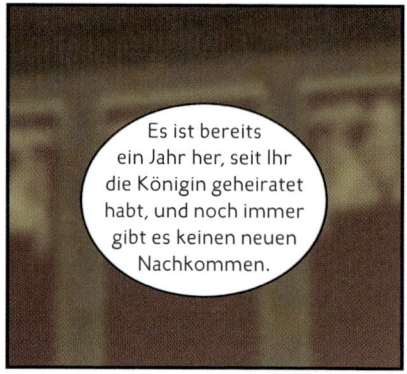

Es ist bereits ein Jahr her, seit Ihr die Königin geheiratet habt, und noch immer gibt es keinen neuen Nachkommen.

Ich habe gehört, dass Ihr sogar in getrennten Zimmern schlaft.

Ich bin mir sicher, dass die Königin gewisse Probleme hat.

Deswegen dachte ich mir, dass ich Euch meine Tochter...

Herzog Stoke.

Wie ich bereits gesagt habe...

... werde ich kein weiteres Mal heiraten.

Meine erste Tochter, Miriam, ist bei der Geburt der Prinzessin verstorben.
Aber meine zweite Tochter Karin ist jünger und hübscher als sie.

Ich bin mir sicher, dass Ihr Eure Meinung ändern werdet, wenn Ihr...

Das reicht!

ZUCK

Ein weiteres Mal werde ich dich nicht warnen.

...

KNIRSCH

Je älter ich werde, desto mehr Sorgen mache ich mir um nutzlose Dinge.

Bitte beruhigt Euch wieder, ich meine es nur gut.

Wenn Ihr mich nun entschuldigen würdet.

145

STAPF

STAPF

STAPF

KNARZ

Willst du mir auch etwas sagen?

Eure Majestät.

Ich bin mir sicher, dass Euch Herzog Stokes Vorschlag nicht gefallen hat.

Ich denke aber, dass Ihr es Euch überlegen solltet.

Immerhin wird von Euch erwartet, dass Ihr einen Nachfolger zeugt.

Wie wäre es, wenn Ihr eine Frau aus einem anderen Haushalt heiratet?

Ich möchte nicht mehr darüber re...

Wollt Ihr damit sagen, dass es in Ordnung für Euch ist, wenn der nächste Prinz nicht Euer leiblicher Sohn ist?

Was wollt Ihr machen, wenn Sir Raven heiratet und einen Sohn bekommt?

...

Er mag zwar ein uneheliches Kind sein, aber in ihm fließt noch immer königliches Blut.

Und obwohl er in Eurem Schatten aufgewachsen ist, ist er noch immer Euer Bruder.

Ihr seid Euch bestimmt bewusst, wie wichtig dem Adel eine Blutsverwandtschaft ist.

Wen werden die Adligen wohl als neuen König haben wollen?

Den zukünftigen Ehemann der Prinzessin? Oder den Sohn von Sir Raven, welcher königliches Blut in sich trägt?

Dessen bin ich mir bewusst. Wie kannst du es nur wagen, mich belehren zu wollen?!

Du hast schon recht...

... aber Abigail ist und bleibt meine einzige Frau.

Ich möchte keine zweite Frau. Hör also auf, darüber zu reden und lass mich allein.

Millard, geh bitte auch raus.

KNARZ

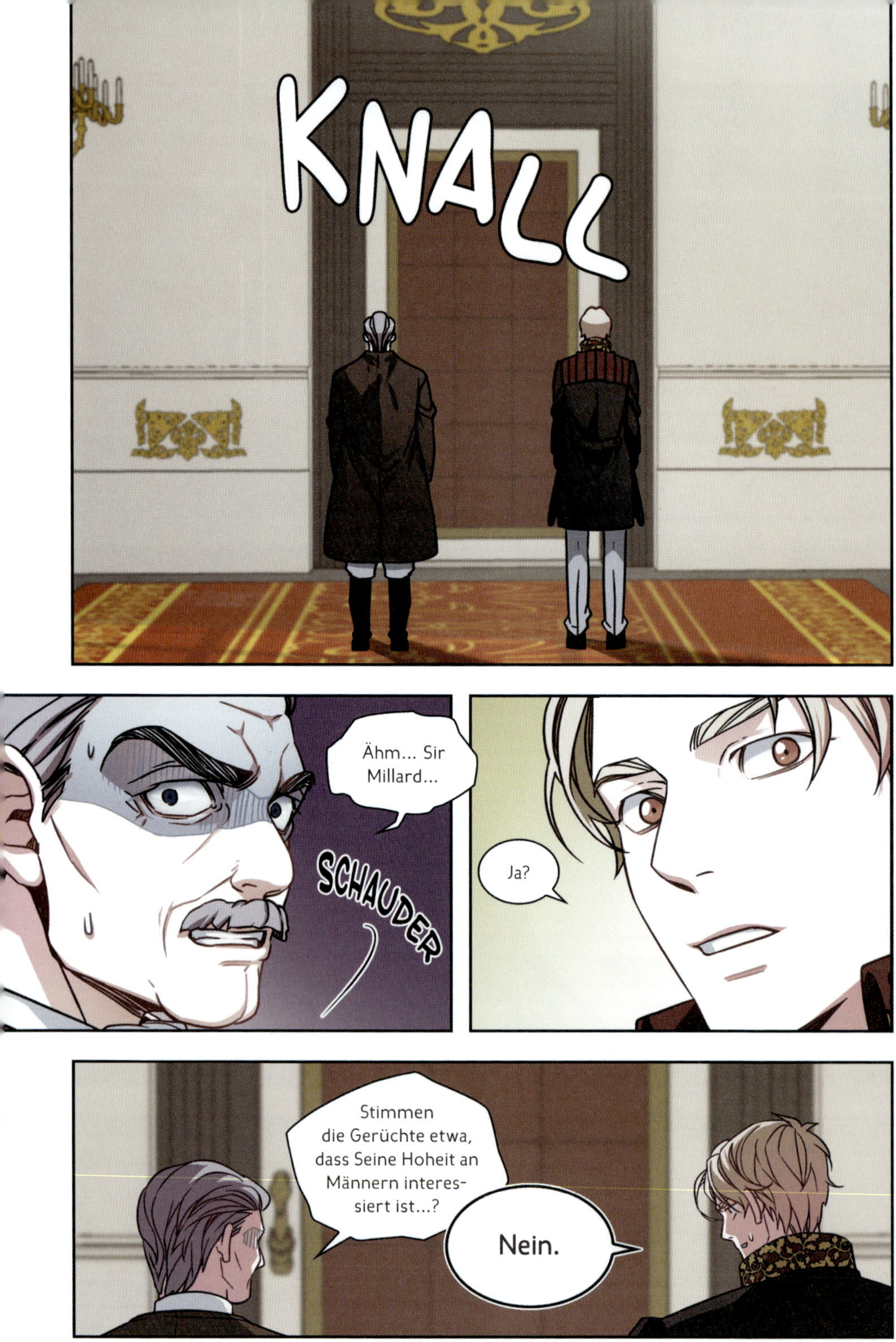

KNALL

Ähm... Sir Millard...

SCHAUDER

Ja?

Stimmen die Gerüchte etwa, dass Seine Hoheit an Männern interessiert ist...?

Nein.

HAAH...

Warum müssen mich alle an meine Pflichten erinnern?

Das ist doch offensichtlich.

Als König sollet Ihr Euch Eurer Pflichten bewusst sein.
SCHAUDER
Alle erwarten von Euch...
... dass Ihr...
... ein guter König seid.

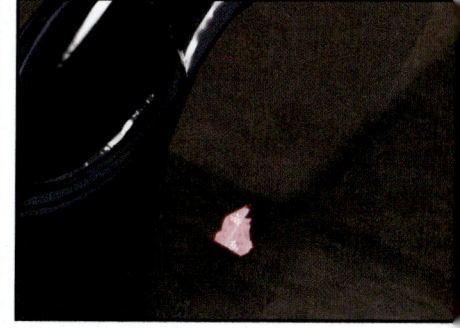

153

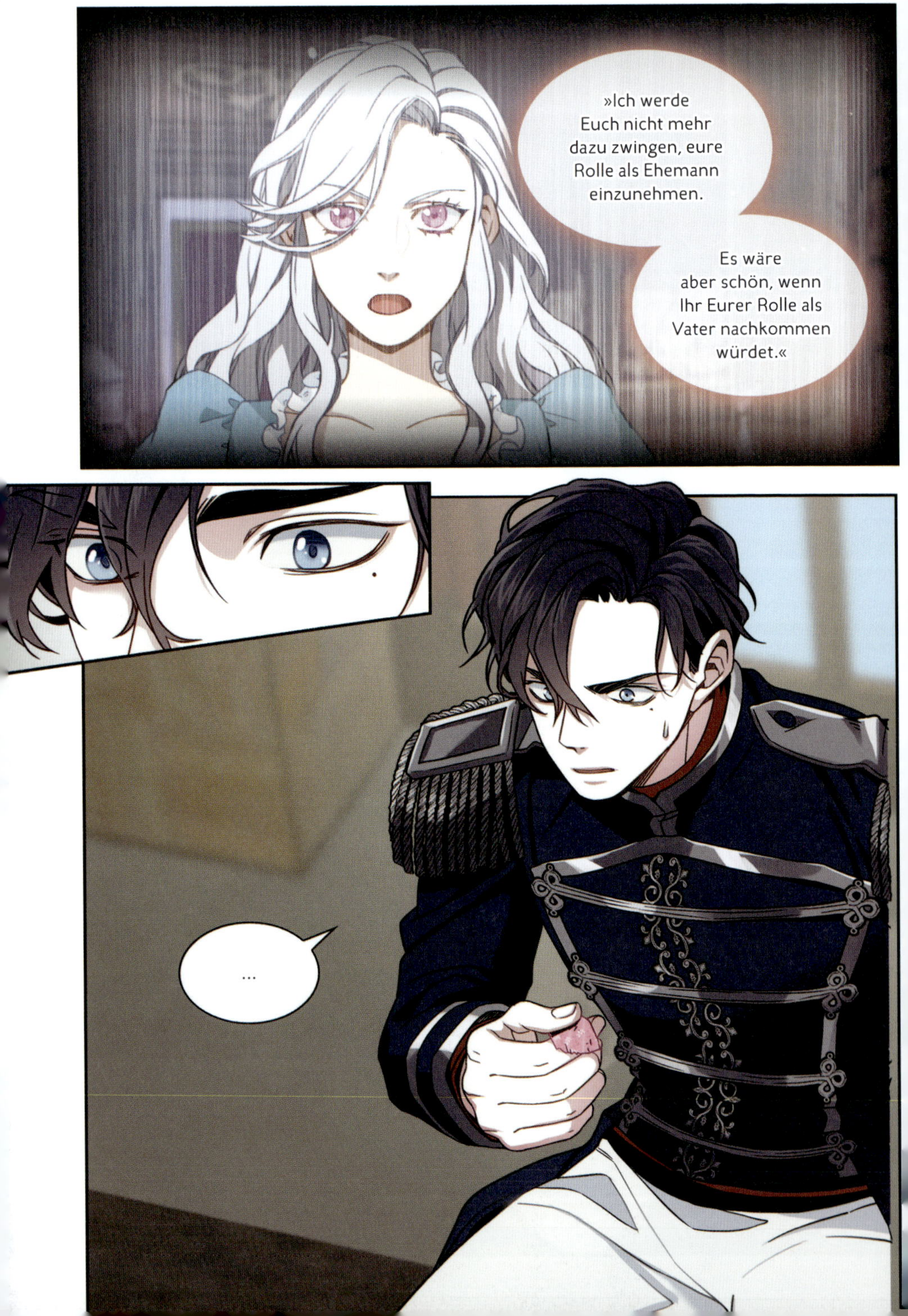

»Ich werde Euch nicht mehr dazu zwingen, eure Rolle als Ehemann einzunehmen.

Es wäre aber schön, wenn Ihr Eurer Rolle als Vater nachkommen würdet.«

...

... sondern an meine Rolle als Vater erinnert hat.

Das war das erste Mal, dass mich jemand nicht an meine Rolle als König...

Darin scheine ich auch nicht besonders gut zu sein...

Haah...

Das reicht erst mal für heute.

STICH

STICH

Ich muss mich ausruhen.

Aber aus irgendeinem Grund...

SCHLURF

SCHLURF

... fühle ich mich auf einmal unwohl.

ZAPPEL

R...
Ruht Euch
gut aus, Eure
Majestät!

ZAPPEL

Die
Dienstmädchen
verhalten sich
auch komisch.

Und als ich dachte,
dass es nicht noch
seltsamer werden
könnte, öffnete ich
die Tür zu meinem
Zimmer...

Rieche
ich da
Rosen?

... und sah
etwas...

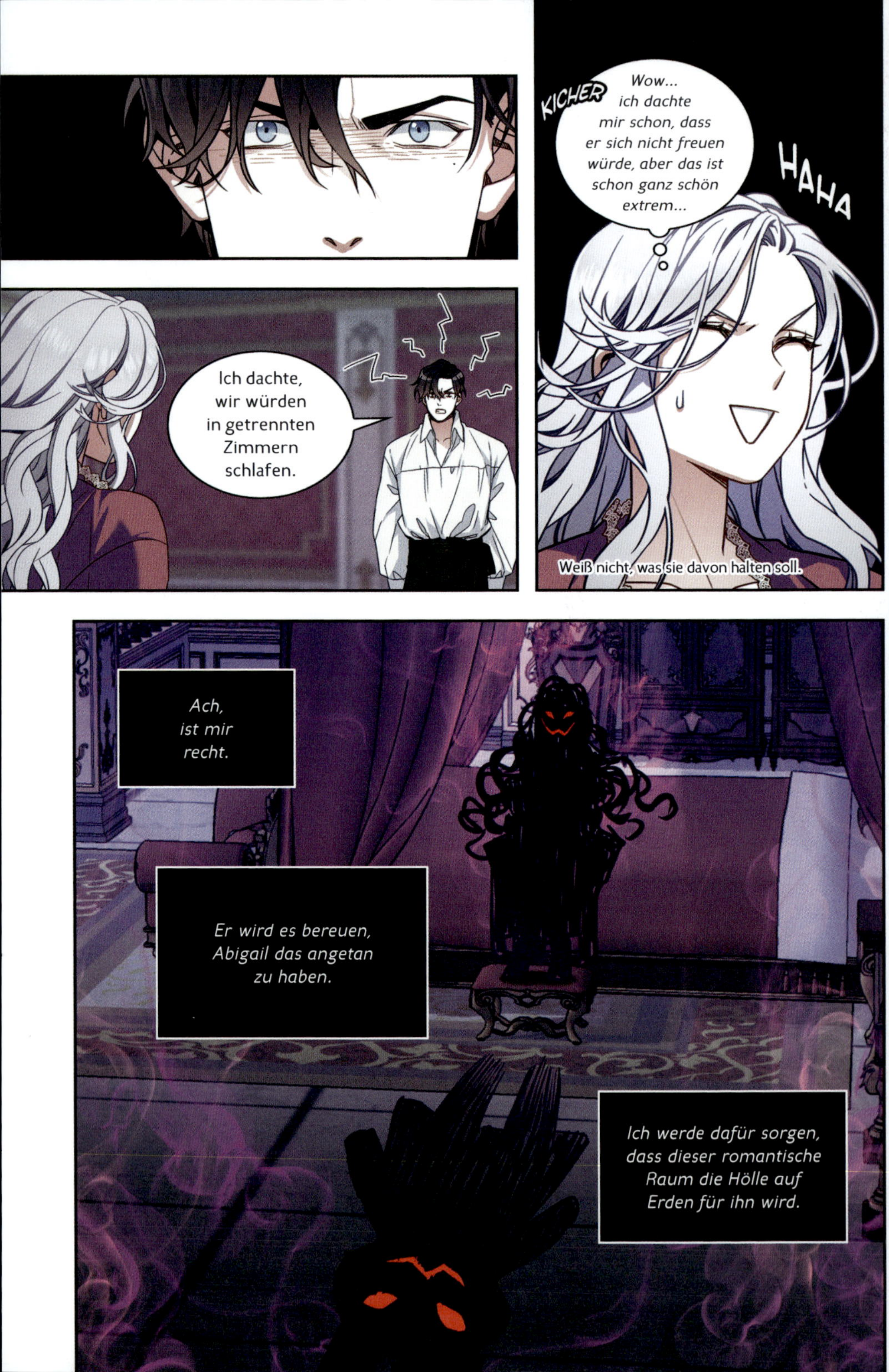

KICHER

HAHA

Wow...
ich dachte
mir schon, dass
er sich nicht freuen
würde, aber das ist
schon ganz schön
extrem...

Ich dachte,
wir würden
in getrennten
Zimmern
schlafen.

Weiß nicht, was sie davon halten soll.

Ach,
ist mir
recht.

Er wird es bereuen,
Abigail das angetan
zu haben.

Ich werde dafür sorgen,
dass dieser romantische
Raum die Hölle auf
Erden für ihn wird.

Mein verführerisches Aussehen lässt mich wie den Sensenmann aussehen, der ihn lebendig verspeisen will.

Es läuft alles nach Plan, bleib standhaft!

Leide. So wie mein Hase, der nicht mal das Licht der Welt erblicken konnte!!

Wie lange wollt Ihr noch da rumstehen?

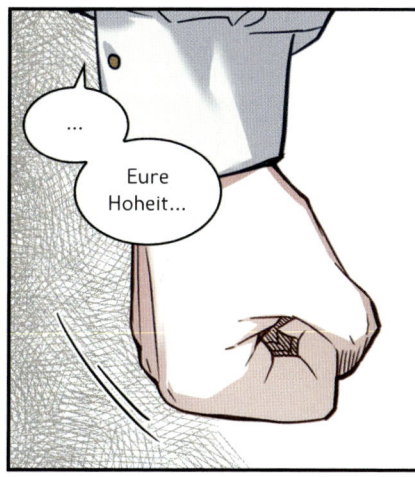

...

Eure Hoheit...

Ihr habt Euch kein bisschen verändert.

Es war dumm von mir, Euch zu glauben, als Ihr Euch separate Zimmer gewünscht habt.

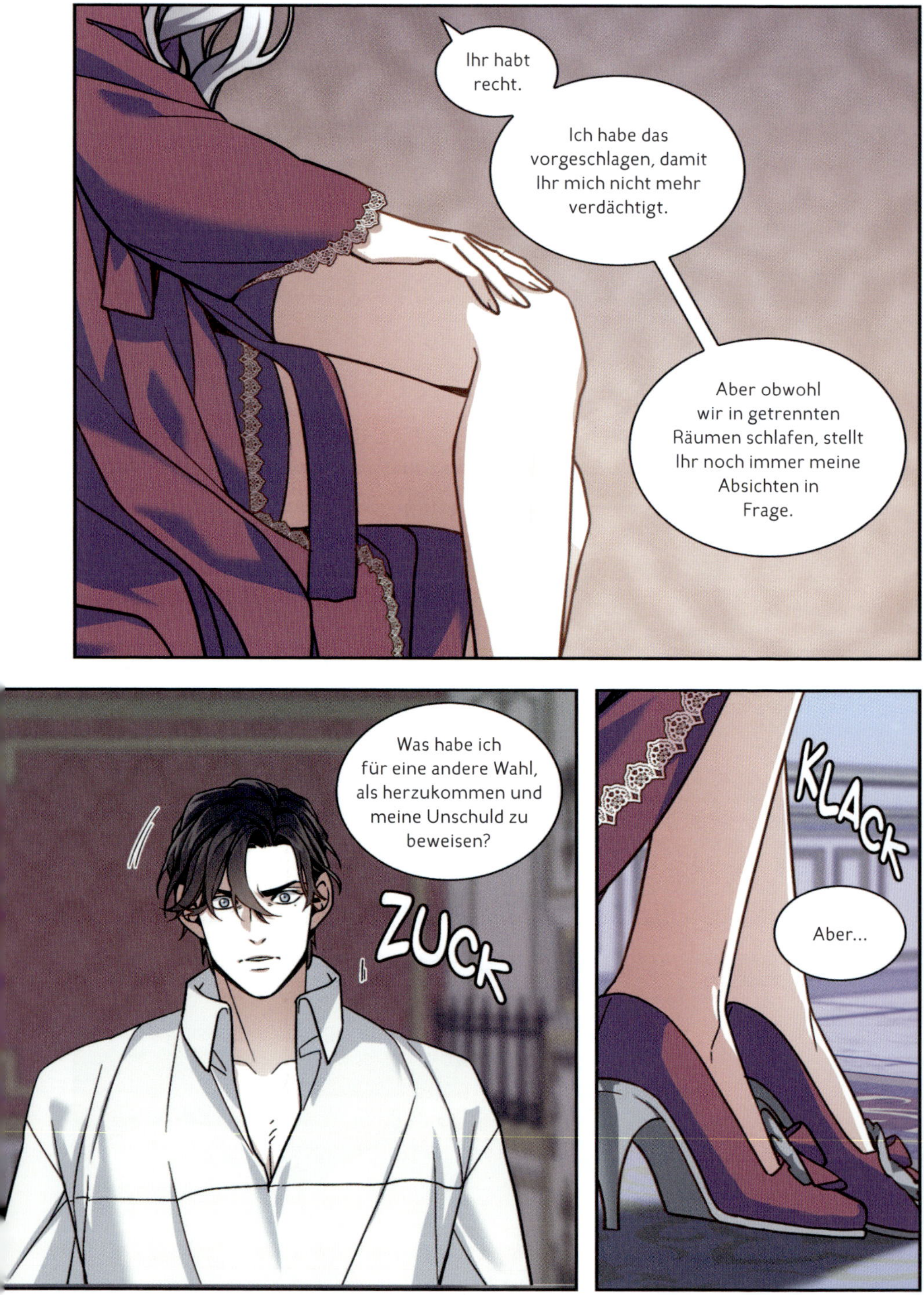

Ihr habt recht.

Ich habe das vorgeschlagen, damit Ihr mich nicht mehr verdächtigt.

Aber obwohl wir in getrennten Räumen schlafen, stellt Ihr noch immer meine Absichten in Frage.

Was habe ich für eine andere Wahl, als herzukommen und meine Unschuld zu beweisen?

ZUCK

KLACK

Aber...

... wenn Ihr Euch dafür entschuldigt, mich verdächtigt zu haben...

... werde ich zurück in mein Zimmer gehen und Euch in Ruhe lassen.

Und was passiert, wenn ich das nicht tue?

SCHLUCK

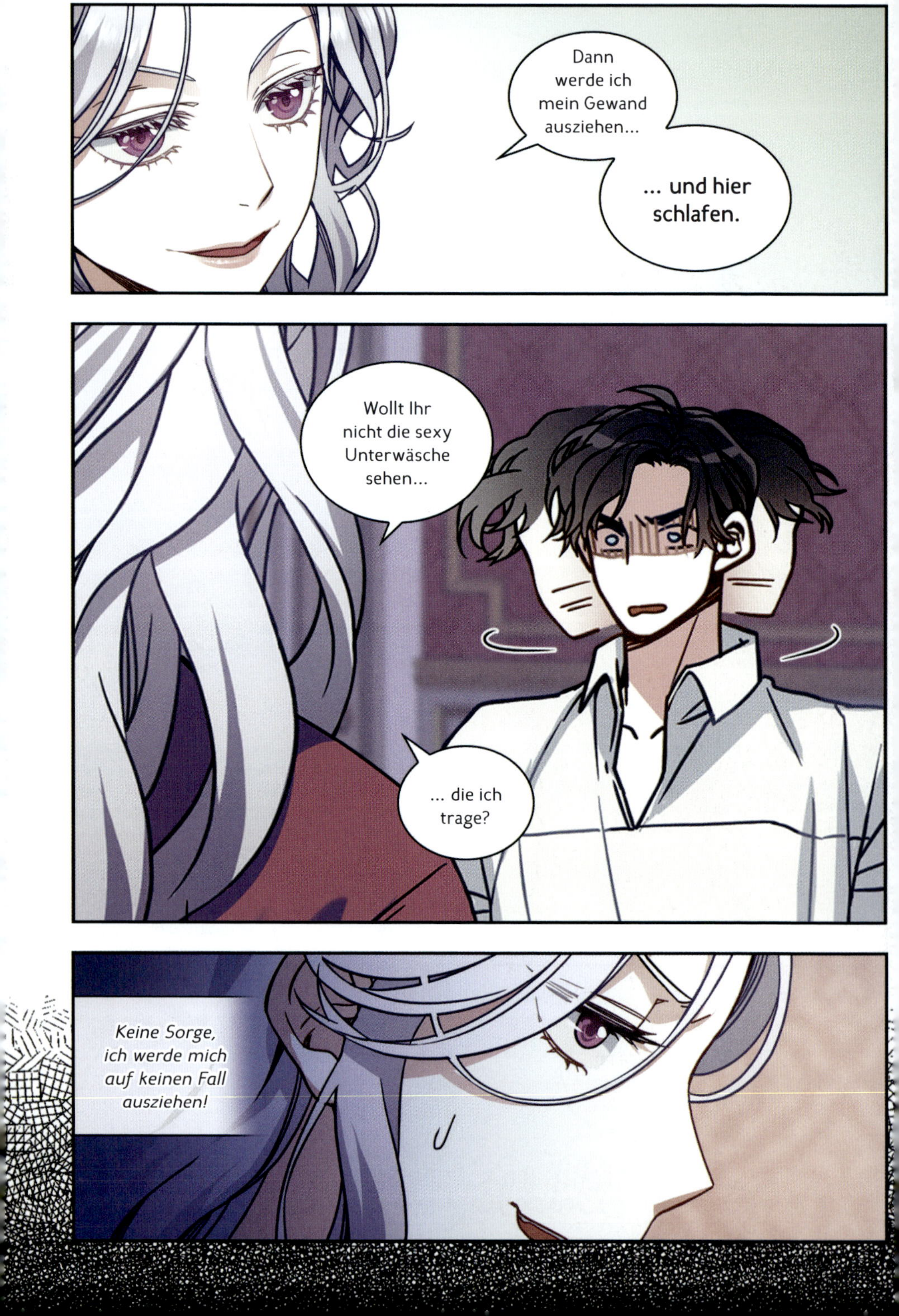

Dann werde ich mein Gewand ausziehen...

... und hier schlafen.

Wollt Ihr nicht die sexy Unterwäsche sehen...

... die ich trage?

Keine Sorge, ich werde mich auf keinen Fall ausziehen!

STARR

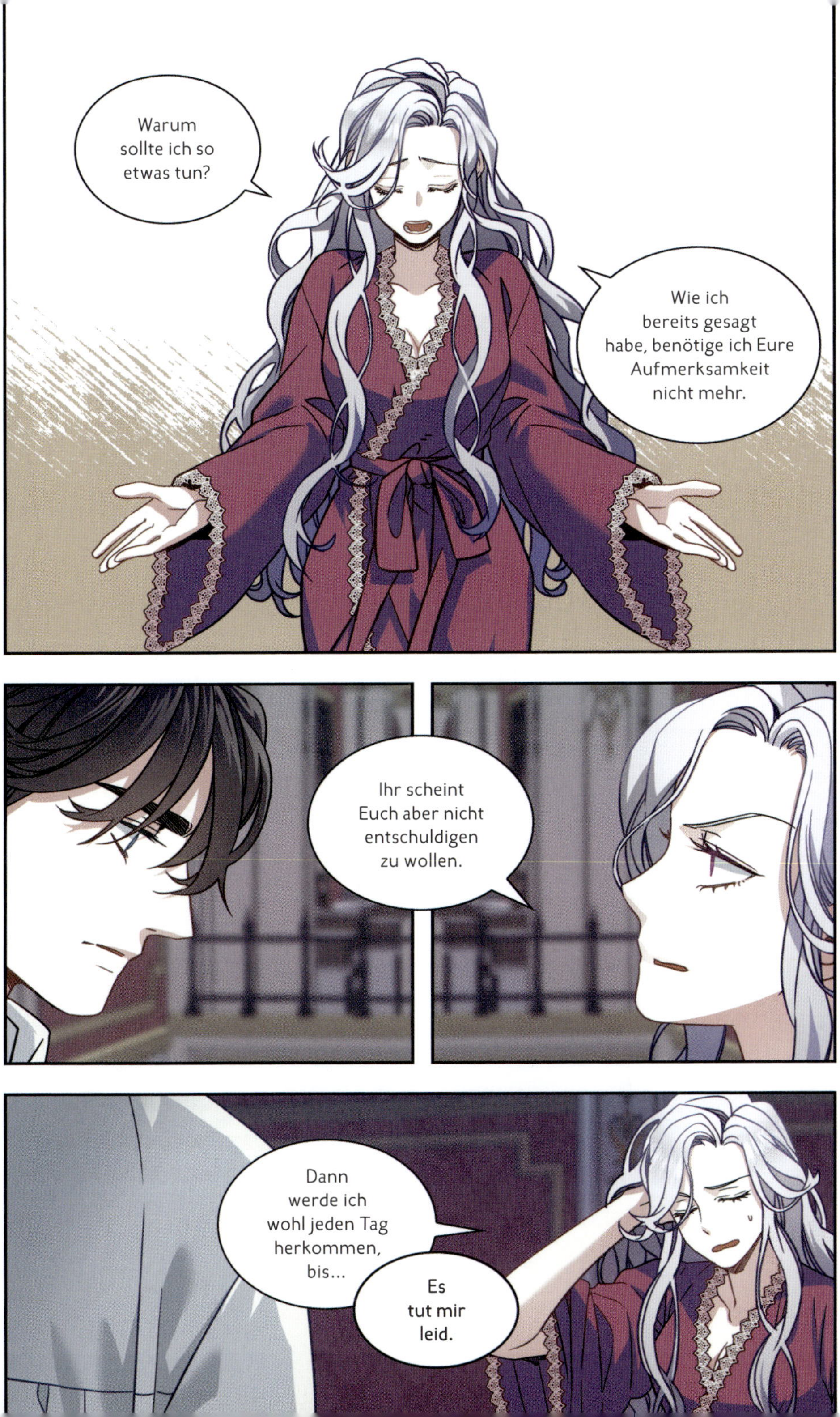

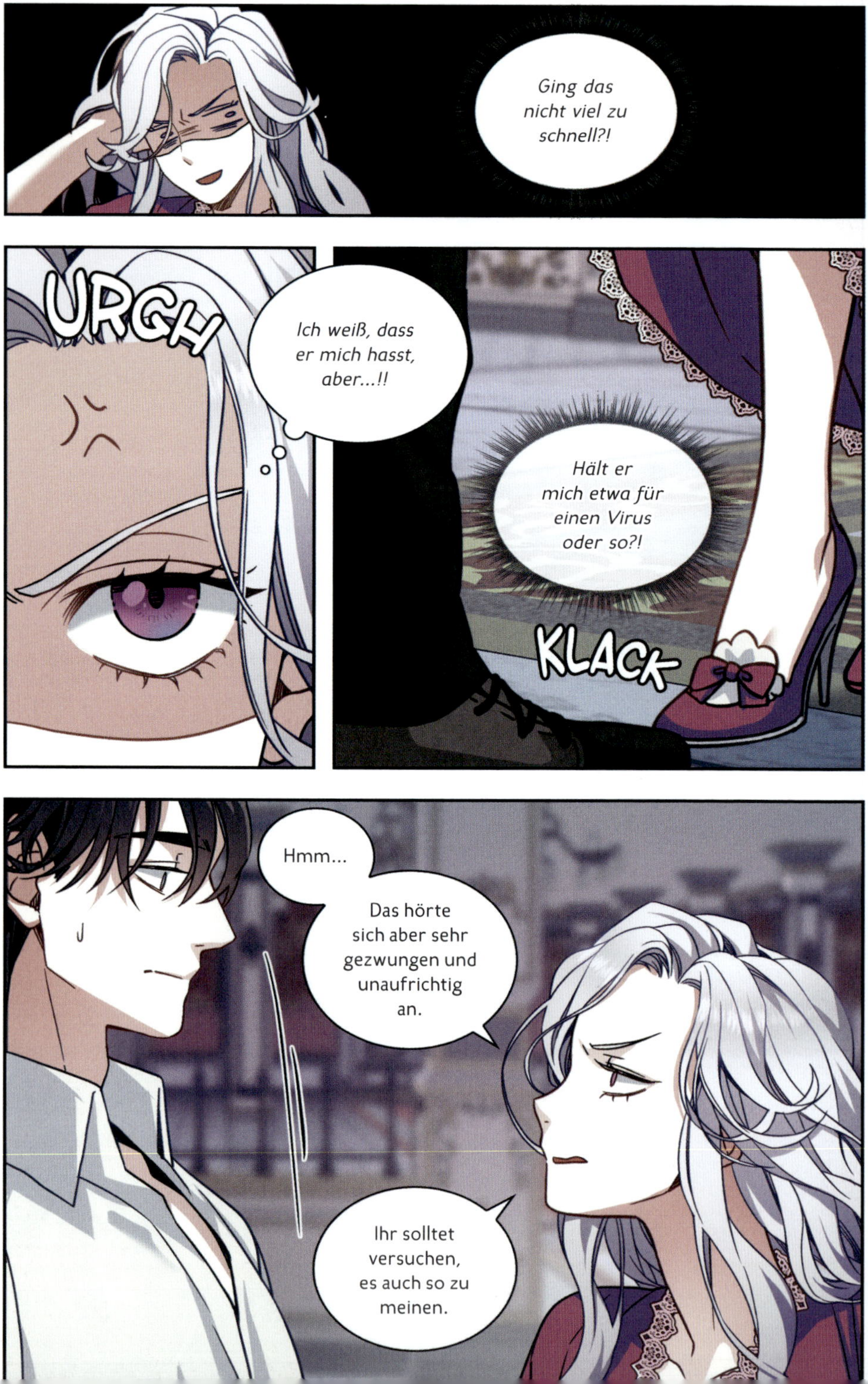

Ging das nicht viel zu schnell?!

URGH

Ich weiß, dass er mich hasst, aber...!!

Hält er mich etwa für einen Virus oder so?!

KLACK

Hmm...

Das hörte sich aber sehr gezwungen und unaufrichtig an.

Ihr solltet versuchen, es auch so zu meinen.

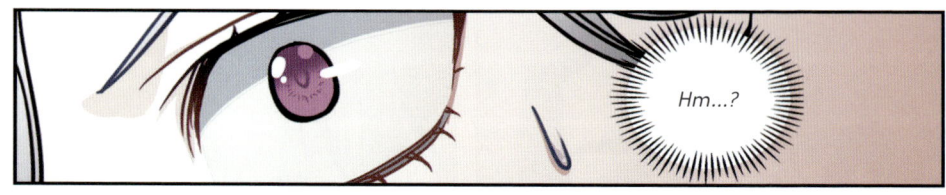

Hm...?

D...Die Verbeugung hätte nicht sein müssen...

I...Ich bin überrascht, dass er sogar die Gründe aufgezählt hat.

VERLEGEN

War das etwa seine erste Entschuldigung?

Warum schmollt er denn so? Jetzt tut mir das Ganze irgendwie leid...

Na ja...

Da ich in der Vergangenheit viele schlimme Dinge getan habe, werde ich Euch verzeihen.

Ich werde jemanden beauftragen, das sauber zu machen.

Bitte entschuldigt mich.

Ich wünsche Euch eine gute Nacht.

VERBEUG

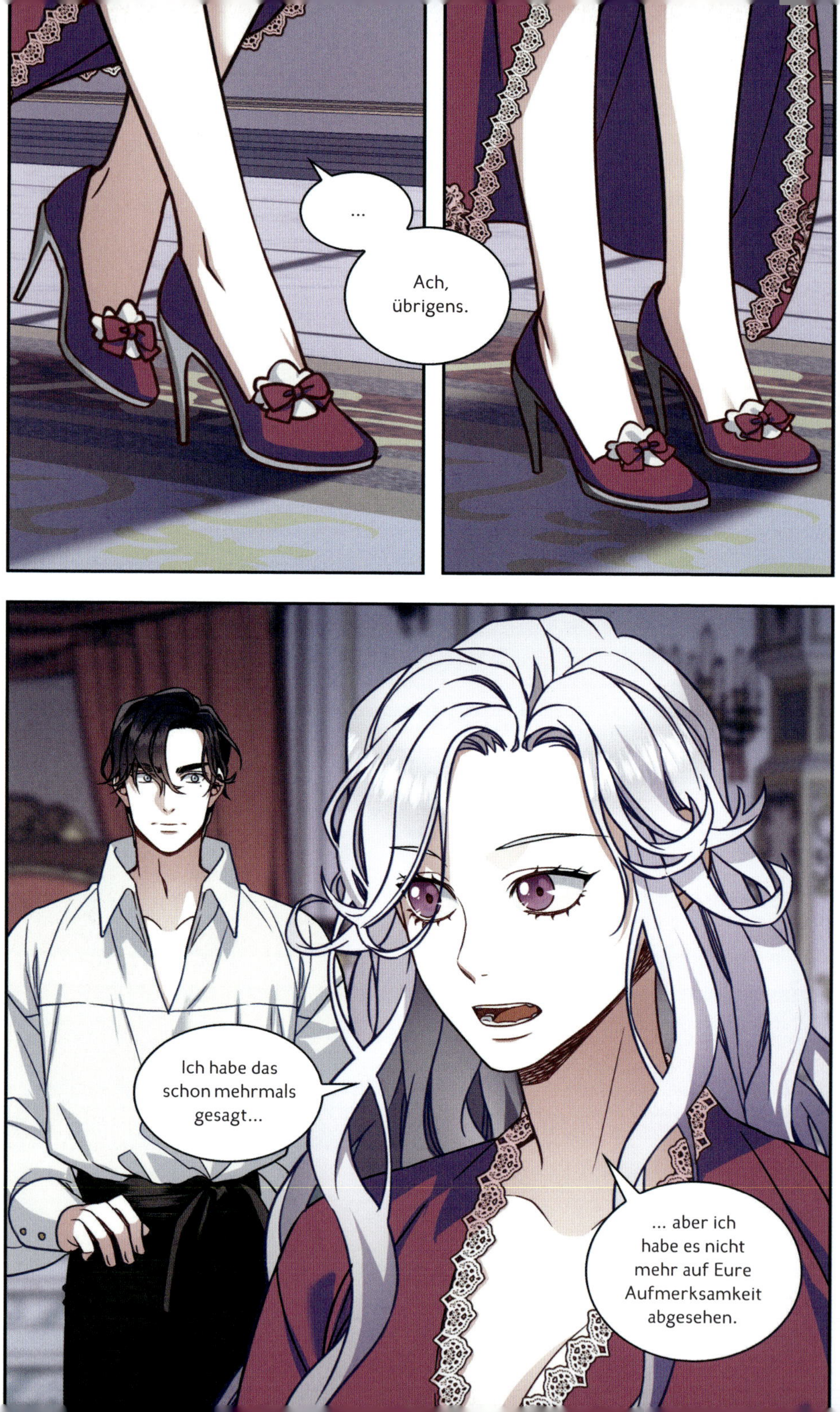

...

Ach, übrigens.

Ich habe das schon mehrmals gesagt...

... aber ich habe es nicht mehr auf Eure Aufmerksamkeit abgesehen.

Ich habe auch kein Interesse an einem Nachfolger oder an Macht.

Ich möchte lediglich ein ruhiges und friedliches Leben führen.

Wenn Ihr es wünscht...

... könnt Ihr Euch gerne eine zweite Frau suchen.

Ich bitte dich darum!!

Mir wurde gesagt, dass Fräulein Karin eine gute Heiratskandidatin sei.

Ich denke, dass sie...

Ich werde keine aus der Stoke-Familie heiraten.

KNIRSCH

Dann wird es wohl ein Fräulein aus einer anderen Familie werden.

BLICK

WUSCHEL

Haah... Ihr seid genauso wie die anderen...

Gute Nacht...

Auf dem Weg zurück in mein Zimmer...

... konnte nicht mal die kalte Frühlingsluft meine Gedanken beruhigen.

Mein Herz schlug so schnell, dass ich Angst hatte, es würde explodieren.

Ob es an dem Geruch der Rosen lag...

... der meinen Körper noch immer umgab?

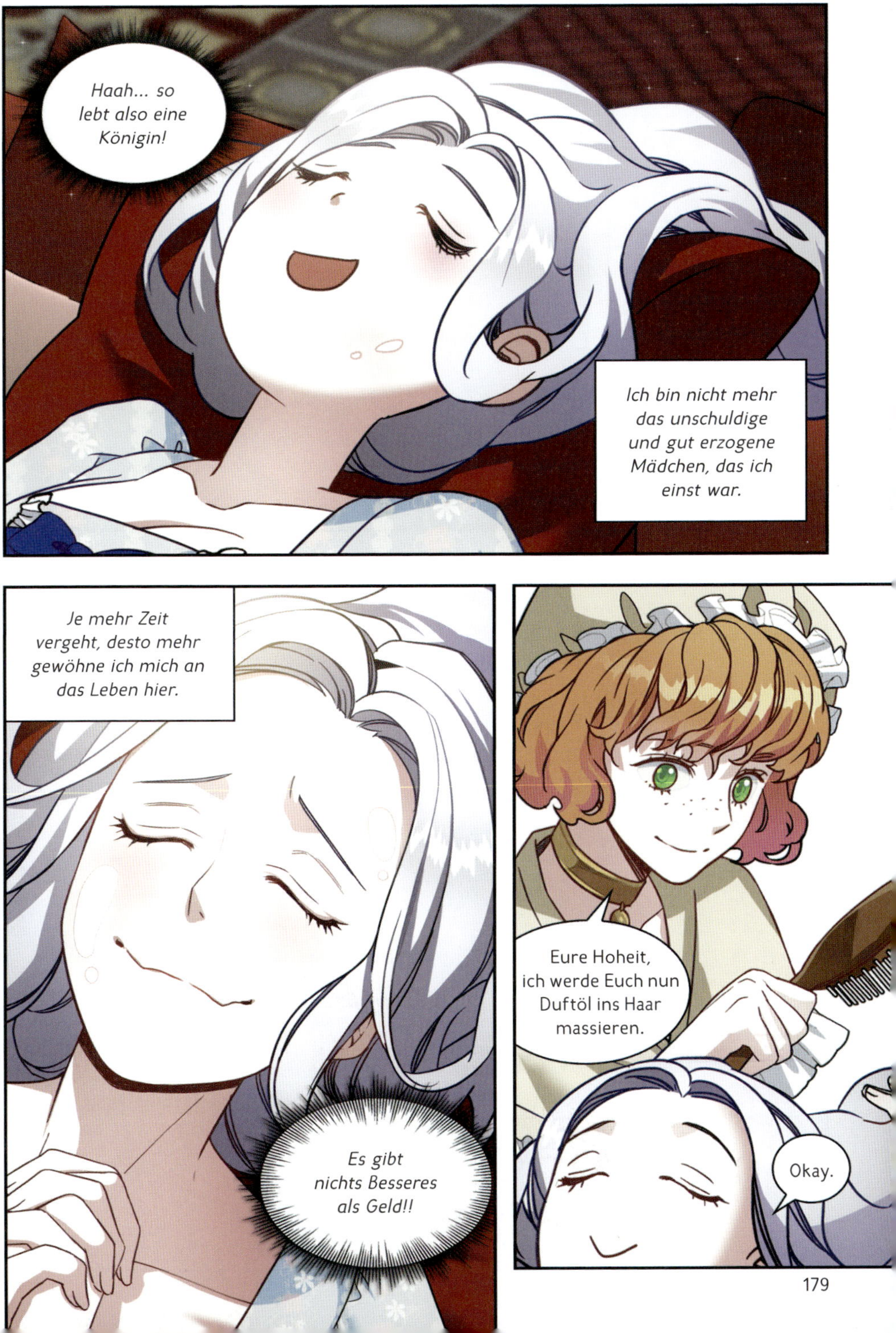

Haah... so lebt also eine Königin!

Ich bin nicht mehr das unschuldige und gut erzogene Mädchen, das ich einst war.

Je mehr Zeit vergeht, desto mehr gewöhne ich mich an das Leben hier.

Es gibt nichts Besseres als Geld!!

Eure Hoheit, ich werde Euch nun Duftöl ins Haar massieren.

Okay.

Dieser Geruch…?

»Ihr seid und bleibt meine einzige Frau!«

Eure Hoheit?!

Waaaah, ich werde langsam verrückt!!

...

Clara...

Nimm das nächste Mal bitte kein Rosenöl...

Wie Ihr wünscht.

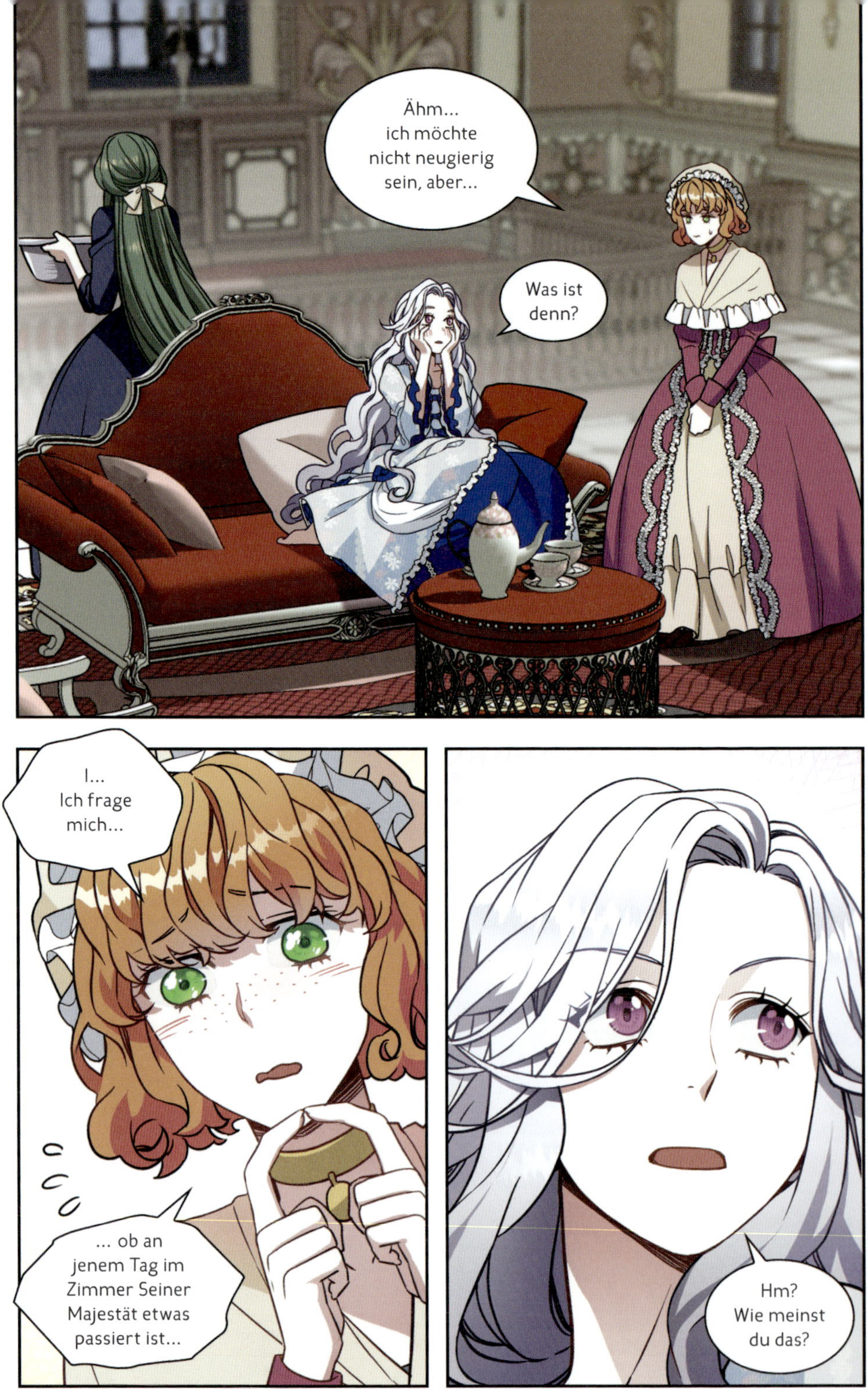

Ähm...
ich möchte
nicht neugierig
sein, aber...

Was ist
denn?

I...
Ich frage
mich...

... ob an
jenem Tag im
Zimmer Seiner
Majestät etwas
passiert ist...

Hm?
Wie meinst
du das?

Ihr seid so schnell zurück-gekehrt...

Mochte Seine Hoheit die Kerzen nicht, die ich ausgesucht habe?

HMPF!

Und das Bett war voll mit Rosen-blättern...

Mag Seine Hoheit den Geruch von Rosen nicht?

Nicht doch...

Stimmt, sie hat sich sehr mit dem Dekorieren angestrengt...

O... Oder kann es sein...

... dass Seine Majestät die Unterwäsche nicht gefallen hat?!

Mag er etwa lieber den unschuldigen Look?!

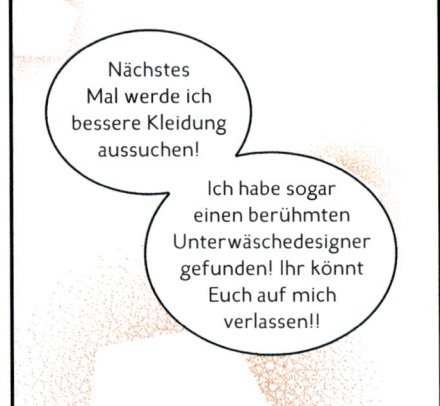

KNARZ

Es ist ein Geschenk für Euch angekommen, Eure Hoheit.

Ein Geschenk? Von wem denn?

TAPP

TAPP

Von Seiner Hoheit.

Was?!

Das muss an der Unterwäsche liegen!

RUCK

Nein, das wird nicht der Grund sein. Beruhig dich, Clara...

Bitte vergiss das Thema einfach.

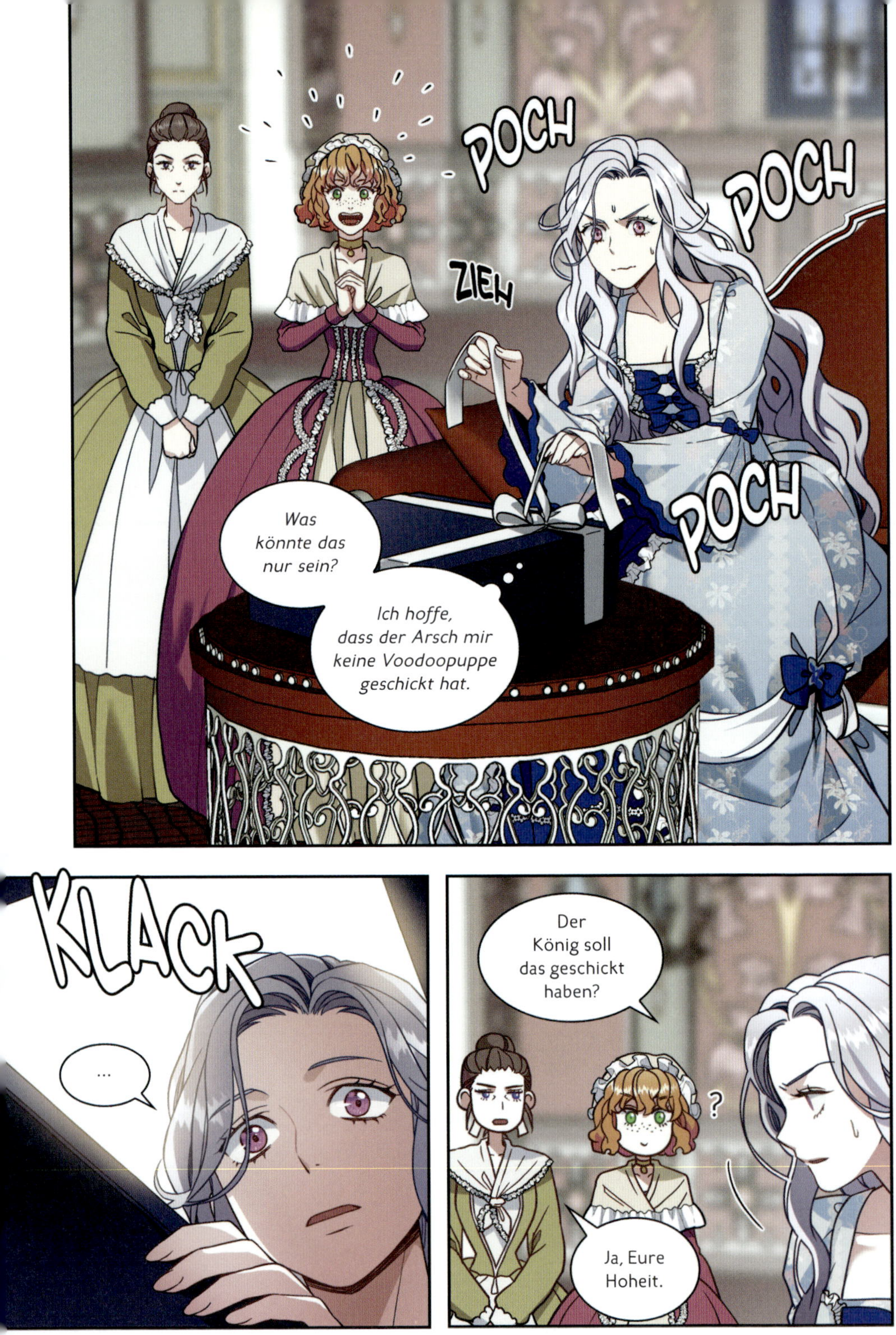

POCH

ZIEH

POCH

POCH

Was könnte das nur sein?

Ich hoffe, dass der Arsch mir keine Voodoopuppe geschickt hat.

KLACK

...

Der König soll das geschickt haben?

?

Ja, Eure Hoheit.

Ah, Eure Hoheit! Was ist es denn?

Oh...!

Du meine Güte, was für süße Hasen das sind!

Ist das etwa eine Mutter mit ihrer Tochter?

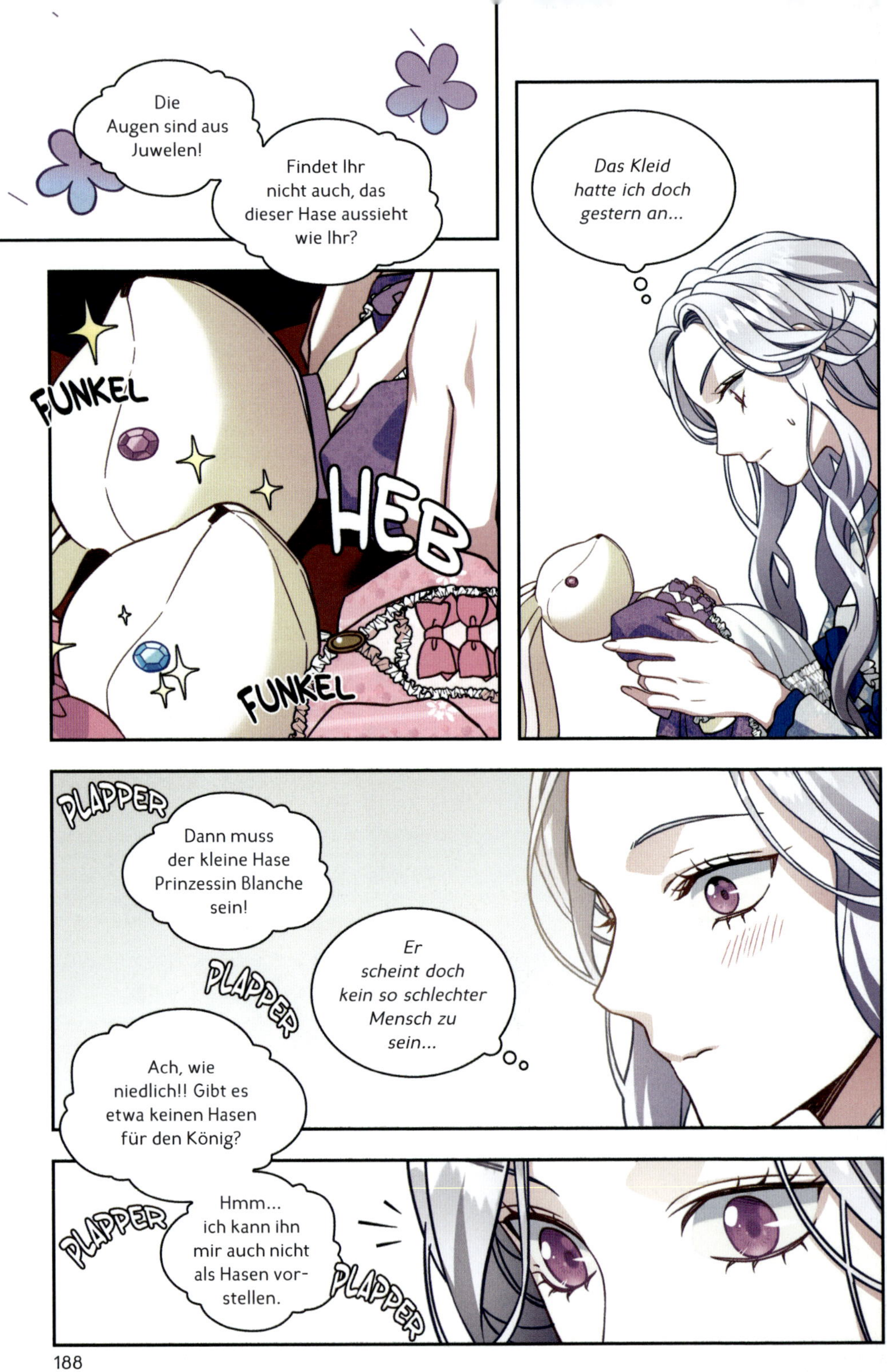

Die Augen sind aus Juwelen!

Findet Ihr nicht auch, das dieser Hase aussieht wie Ihr?

FUNKEL

HEB

FUNKEL

Das Kleid hatte ich doch gestern an...

PLAPPER

Dann muss der kleine Hase Prinzessin Blanche sein!

Er scheint doch kein so schlechter Mensch zu sein...

PLAPPER

Ach, wie niedlich!! Gibt es etwa keinen Hasen für den König?

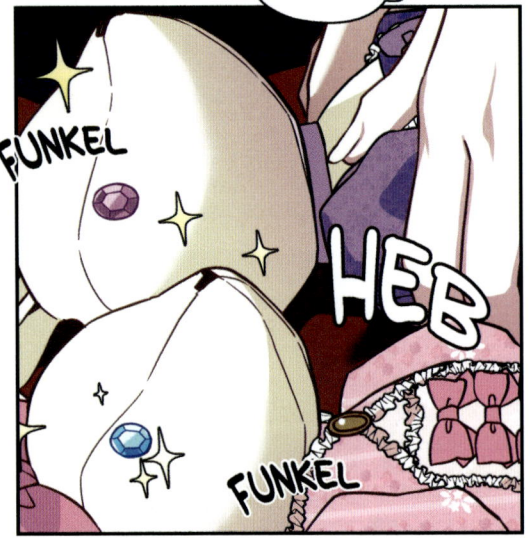

PLAPPER

Hmm... ich kann ihn mir auch nicht als Hasen vorstellen.

PLAPPER

KNISTER

Was ist das?

RASCHEL

Ein Brief...?

Ich habe von dem Vorfall mit den Kleidern der Prinzessin gehört. Wenn Ihr das Budget ein weiteres Mal ignorieren solltet, bleibt mir keine andere Wahl, als Eure Gelder zu kürzen. Bitte merkt Euch das.

Sabrian Friedkin

ZITTER

Eure Hoheit?

KNÜLL

Ich nehme alles zurück, er ist der Teufel in Person!

Urgh, was für ein Arschloch!!

KNÜLL

KNÜLL

DREH KEUCH KEUCH

KLACK

Vielen Dank für Eure Zeit, Eure Hoheit.

Ich habe gehört, dass Sie schöne Ware haben. Ich kann Ihnen doch vertrauen, oder?

Natürlich könnt Ihr das.

Ich bin mir sicher...

... dass nicht mal die Prinzessin dem widerstehen kann.

Das stimmt.

Damit wird selbst Prinzessin Blanche...

KICHER HEHE

SCHAUDER

Spieglein, Spieglein an der Wand...

Genau, besonders der Spiegel hat es mir angetan...

... wer ist die Schönste im ganzen Land?

*Abigail kannte sich kaum
mit Luxusgütern aus.*

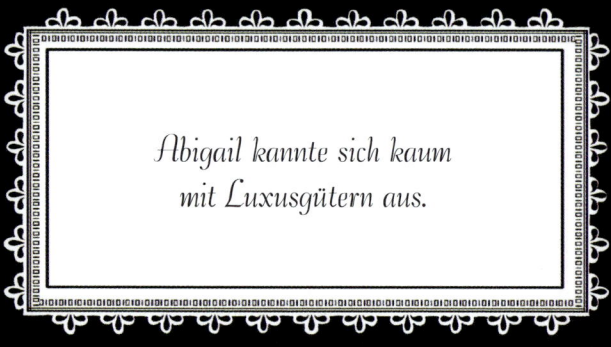

EIN MONAT ZUVOR

Seht Euch diese Perlenkette an.

FUNKEL

FUNKEL

Es handelt sich um ein seltenes Produkt, welches nicht mal die Meerjungfrauen-prinzessin ergattern konnte.

Für den günstigen Preis von 20.000 Deronas gehört sie Euch!

Was haltet Ihr davon?

Hast du noch was anderes?

Die Königin hat kein Interesse an Schmuck?!

ZUCK

Da Abigail als Prinzessin aufwuchs, war sie sehr unwissend und hatte ein sehr großes Ego.

Sie tat stets so, als würde sie alles wissen...

... was dazu führte, dass sie oft von Händlern an der Nase herumgeführt wurde.

Weiter.

Man erkennt sofort, dass es fake ist!

Wie wäre es mit dieser Keramik-vase...

... die aus dem Osten importiert wurde?

Hierbei handelt es sich um ein Erbstück einer Königs-familie...

H...
Hat sie etwa erkannt, dass die Ware gefälscht ist?

Haha, als würde sie einen Unterschied merken.

Wie zu erwarten von einer Königin.

Solche Waren reichen nicht aus, um Eurem exquisiten Geschmack zu genügen.

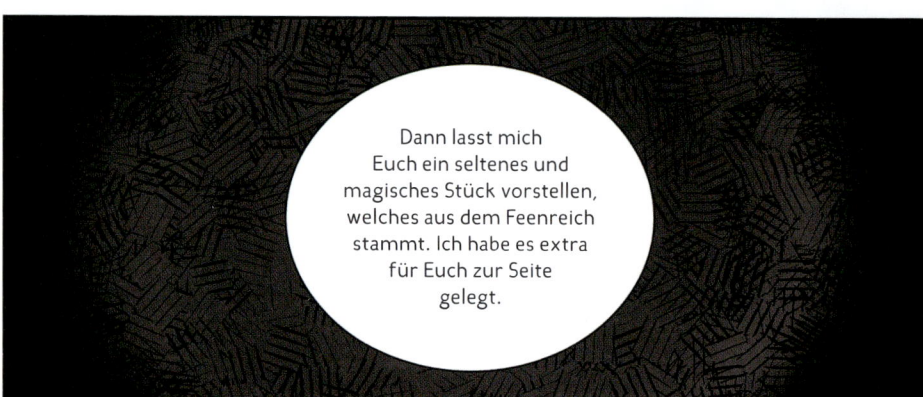

Dann lasst mich Euch ein seltenes und magisches Stück vorstellen, welches aus dem Feenreich stammt. Ich habe es extra für Euch zur Seite gelegt.

OHO

Ein magisches Stück?

Kann es etwa zaubern?

Ja, es ist äußerst selten.

Phahahaha!

Sobald sie mich bezahlt hat, werde ich mich vom Acker machen.

Seht her.

Hm...?

Ist es nicht wunderschön?

KLACK

ZUCK

Dieses Kleid wurde aus Morgentau, dem Leuchten der Abendröte und Spinnenfäden angefertigt.

Da das Kleid magische Fähigkeiten besitzt...

... kann es nicht vom einfachen Volk mit bösem Herzen gesehen werden.

Aber da dies nicht auf Euch zutrifft, könnt Ihr bestimmt sehen, wie schön das Kleid ist.

Es ist so leicht, dass man es überhaupt nicht spürt.

Im Sommer wirkt es kühlend und im Winter hält es warm. Und schön sieht es auch aus.

MURMEL

Es ist nicht leicht, an solch eine seltene Ware zu kommen.

Was sagst du dazu, Hanson? Ist es nicht wunderschön?

Ja, mein Herr. Das ist es wirklich.

Was sagen die Damen dazu?

Es passt perfekt zu Ihrer Majestät, nicht wahr?

J...Ja, Ihr habt recht.

D... Das Design ist recht außergewöhnlich.

Da ich mir sicher bin, dass es zu Eurer Schönheit passt...

... müsst Ihr nur die Hälfte dafür bezahlen, 300.000 Deronas.

Das soll ein Kleid sein?

Sagt bloß, dass Ihr es nicht sehen könnt.

Ihr Ego wird nicht zulassen, dass sie meine Frage verneint.

Natürlich kann ich das. Es ist wirklich wunderschön.

Sie hat zuge-schnappt.

Dann werde ich es einpa...

HEB

Aber...

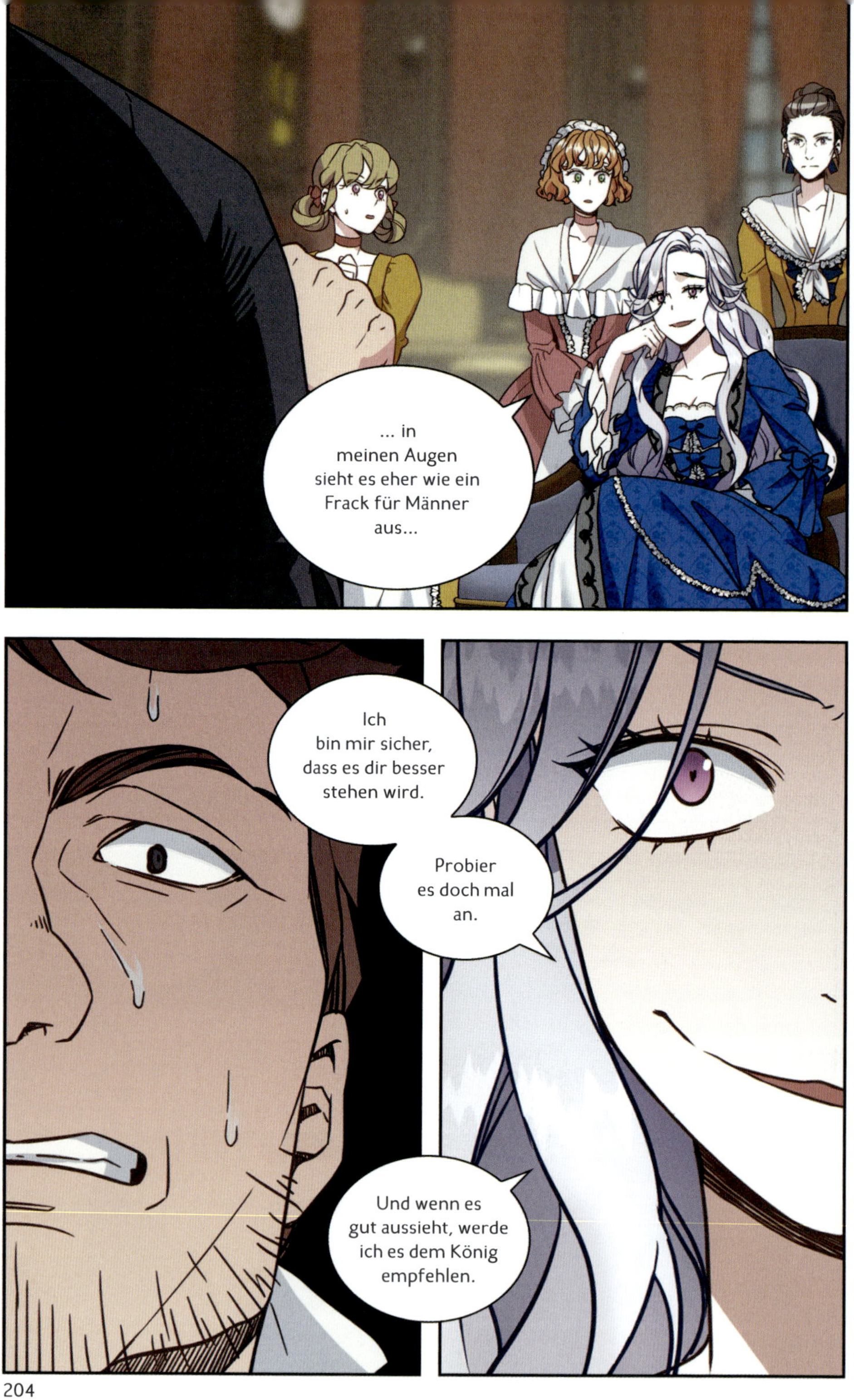

... in meinen Augen sieht es eher wie ein Frack für Männer aus...

Ich bin mir sicher, dass es dir besser stehen wird.

Probier es doch mal an.

Und wenn es gut aussieht, werde ich es dem König empfehlen.

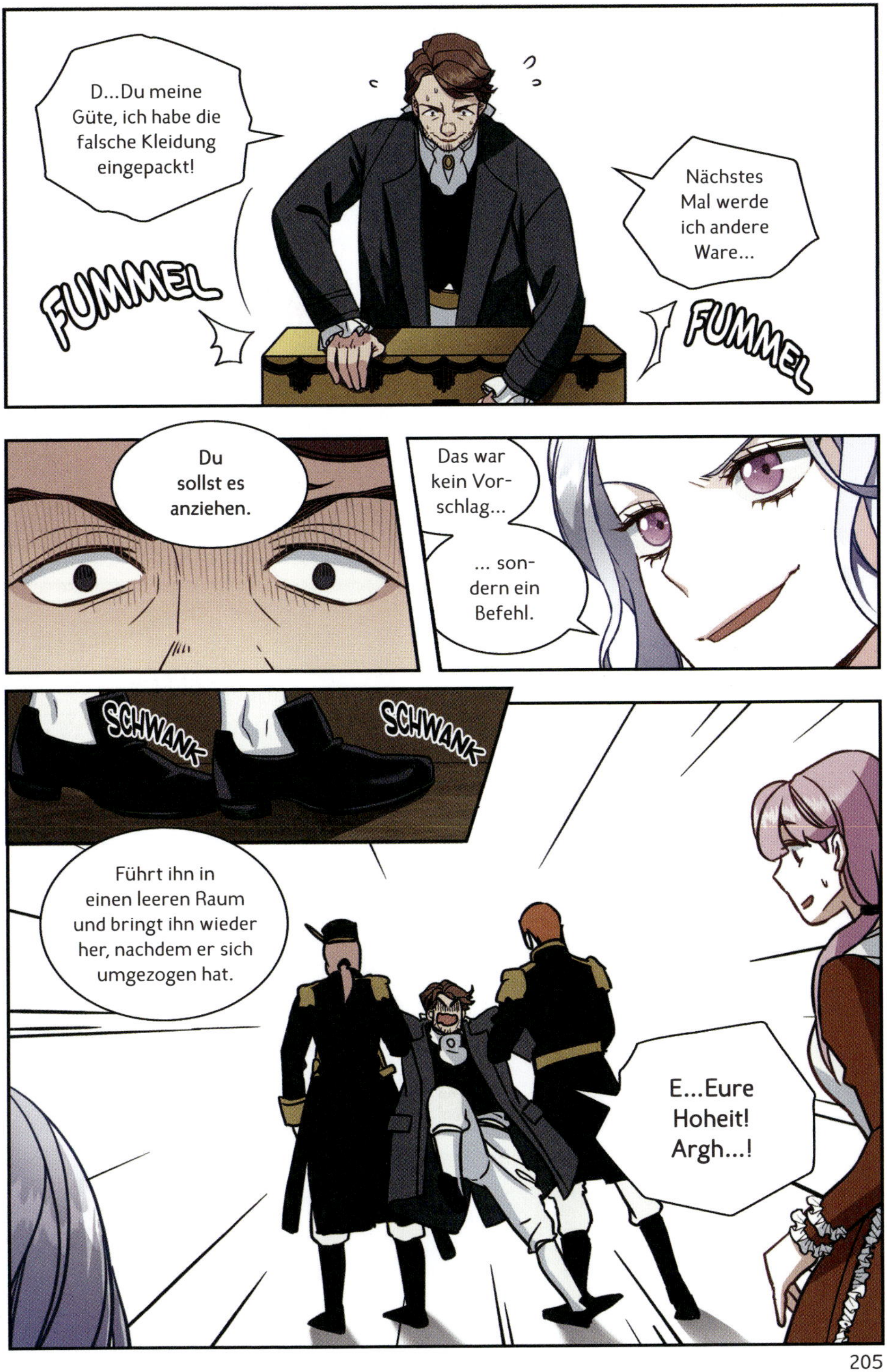

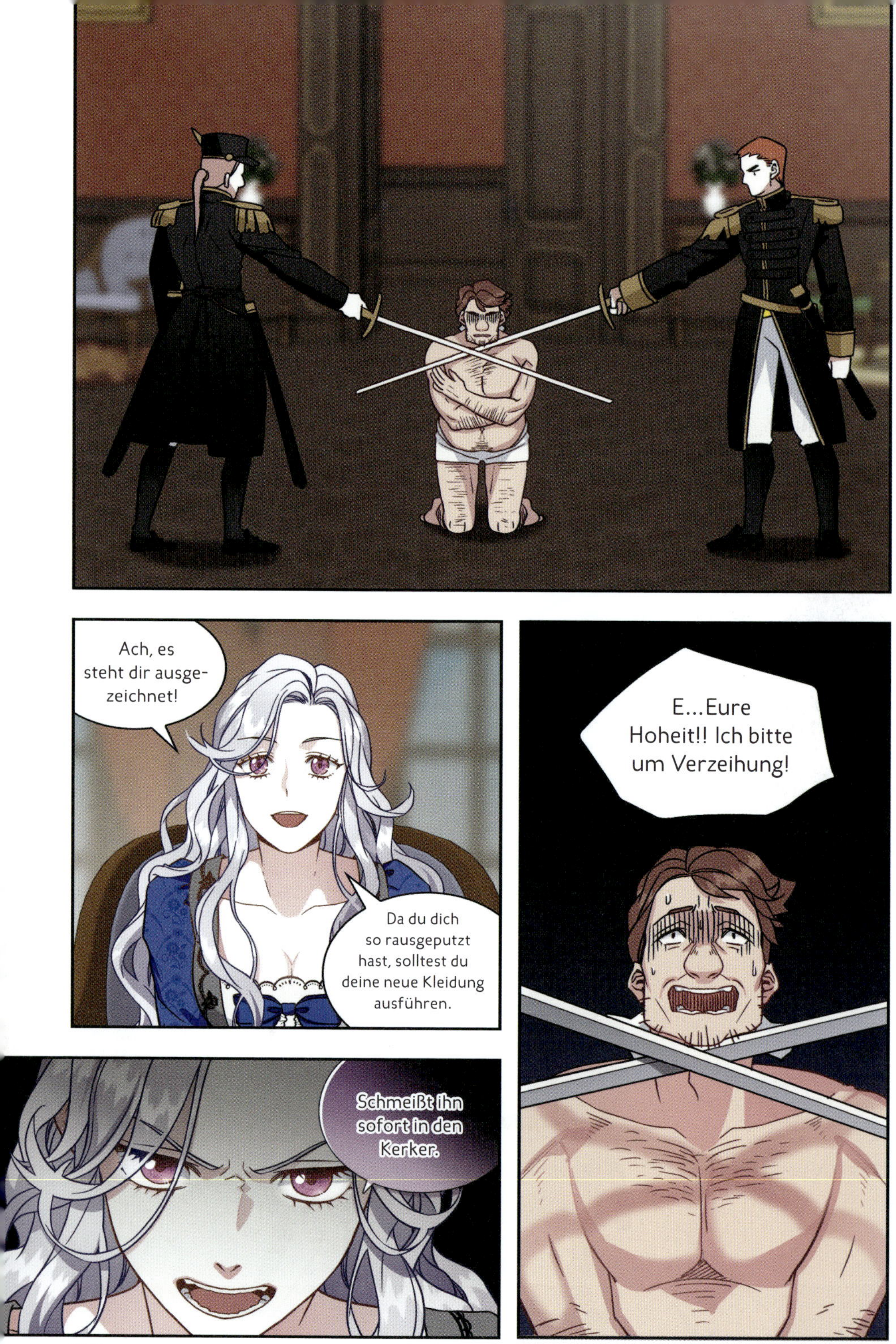

Ach, es steht dir ausgezeichnet!

Da du dich so rausgeputzt hast, solltest du deine neue Kleidung ausführen.

E...Eure Hoheit!! Ich bitte um Verzeihung!

Schmeißt ihn sofort in den Kerker.

POCH

POCH

Urgh...

Argh!

Tsk...

Jetzt wird niemand mehr auf mich herabblicken.

Haah... Abigail, was für ein Schwächling warst du denn bitte?

Sag den nächsten Händlern Bescheid, dass sie reinkommen können.

Nach dem Vorfall begannen die Händler in Panik auszubrechen, da Abigail nicht mehr auf ihre Tricks reinfiel.

Sie hatten es echt nicht leicht.

Hast du nicht noch was anderes vorzuweisen?

Bitte vergebt mir...

Hast du wirklich den langen Weg auf dich genommen, um mir solch langweilige Waren zu verkaufen?

Bitte entschuldigt!

Das ist weder neu noch interessant!

KREISCH

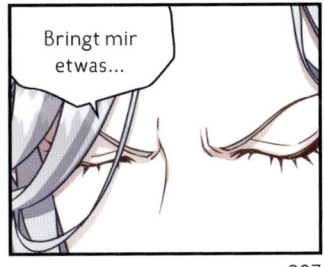

Bringt mir etwas...

... Niedliches! Oder Beson- deres!

Etwas, das ein 11-jähriges Mädchen mag!

Abigail hatte es noch nie auf Ware abgesehen, die nicht für sie bestimmt war.

Eure Hoheit.

Ich habe etwas für Euch, das wirklich verzaubert ist...

ZAPPEL

ZAPPEL

MISSTRAUISCH

Ist dem so?

Etwa ein unsichtbares Kleid?

Nicht doch! Seht es Euch erst mal an.

Bringt mir die Ware aus meiner Kutsche.

Bitte sehr, Eure Majestät.

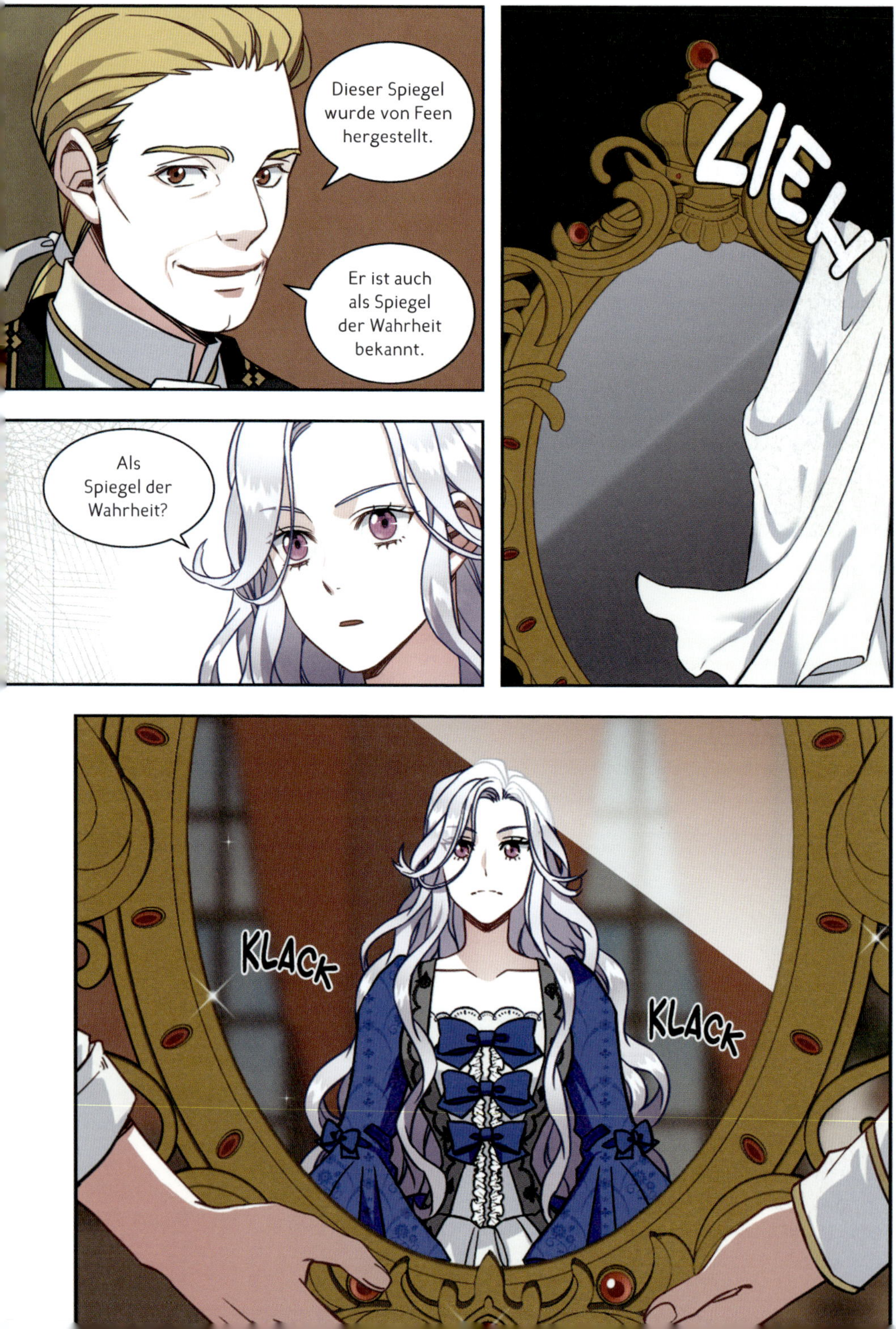

Dieser Spiegel wurde von Feen hergestellt.

Er ist auch als Spiegel der Wahrheit bekannt.

Als Spiegel der Wahrheit?

ZIEH

KLACK

KLACK

Hmm, mal sehen...

Spieglein, Spieglein an der Wand...

... wer ist die Schönste im ganzen Land?

VERSCH WIMM

ZIIING

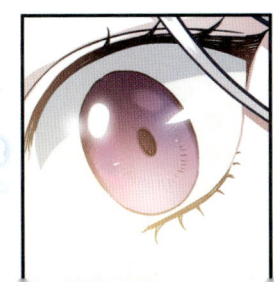

Niemand, der dumm genug ist, solch eine Frage zu stellen.

!!!

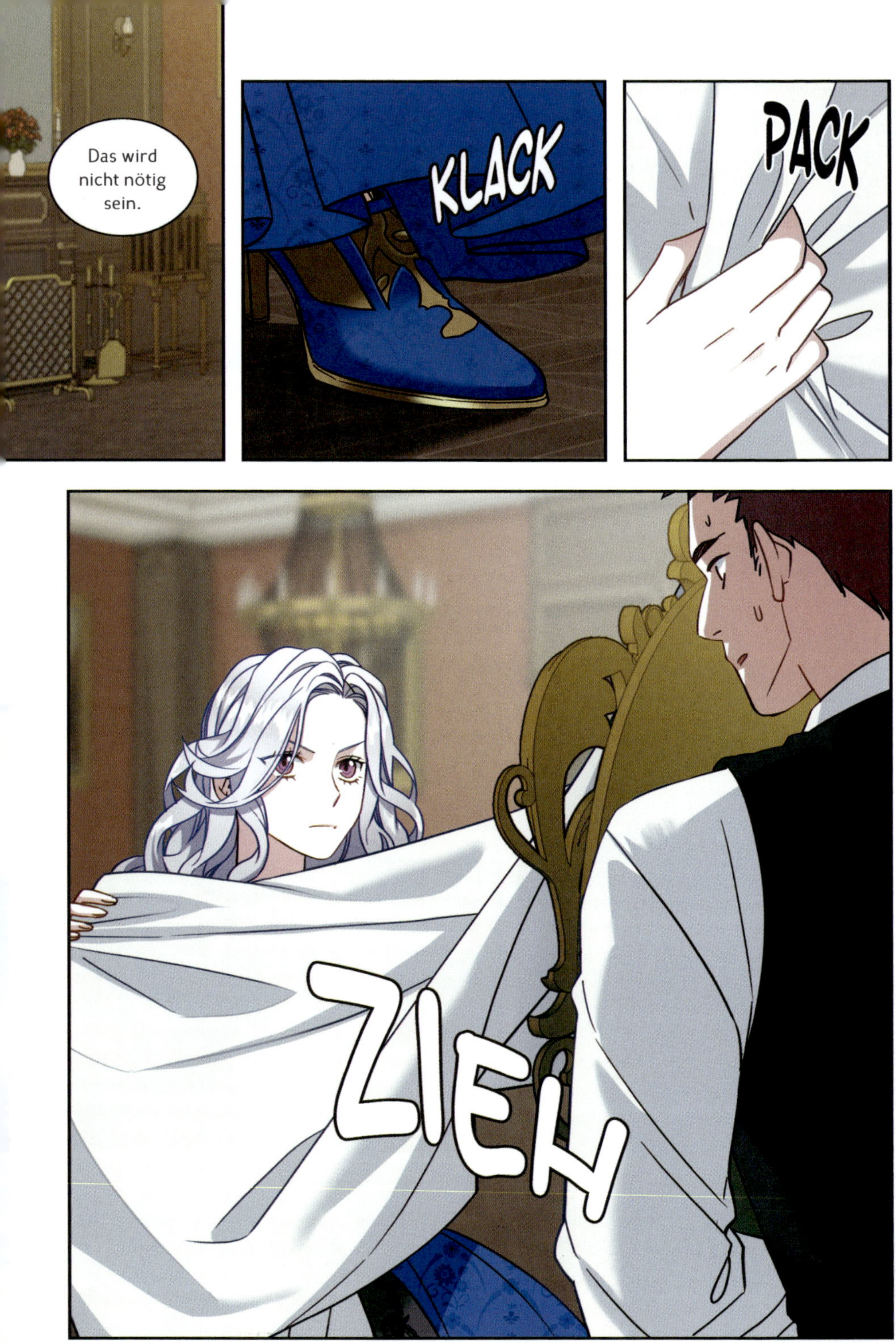

Das wird nicht nötig sein.

KLACK

PACK

ZIEH

Du.

Hast du gerade gesagt, dass ich dumm bin? Wie kommst du darauf?

...

Weil du mir eine dumme Frage gestellt hast.

Wer ist die Schönste im ganzen Land?

Es gibt keine Antwort auf eine Frage, die so subjektiv und abstrakt ist.

Es gibt unzählige Menschen auf dieser Welt, die alle ein unterschiedliches Verständnis von Schönheit haben.

VERSCHWIMM

Für manche Menschen bist du die Schönste auf dieser Welt.

Und für andere ist es die Frau hinter dir.

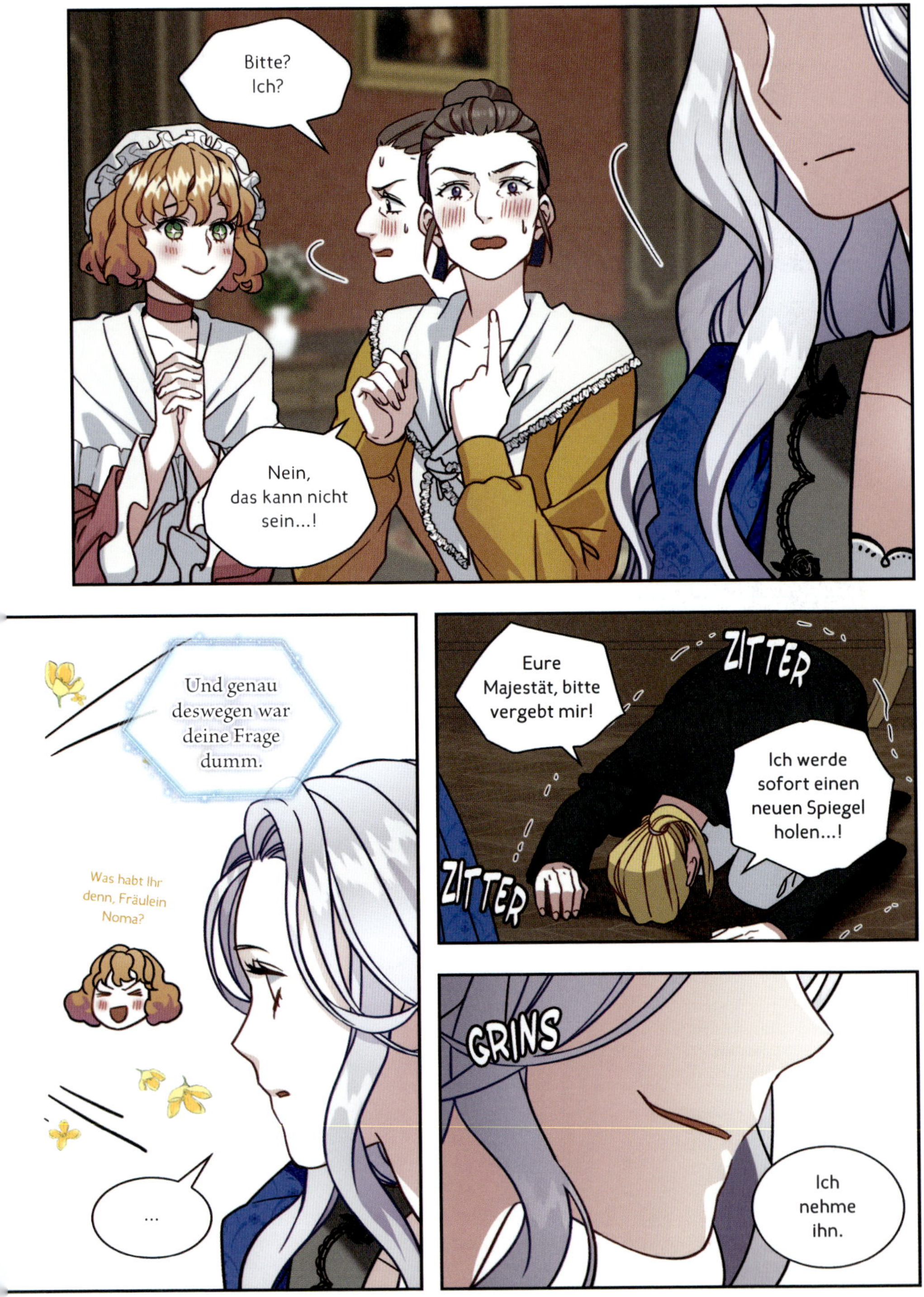

Bitte? Ich?

Nein, das kann nicht sein...!

Und genau deswegen war deine Frage dumm.

Was habt Ihr denn, Fräulein Noma?

...

Eure Majestät, bitte vergebt mir!

ZITTER

ZITTER

Ich werde sofort einen neuen Spiegel holen...!

GRINS

Ich nehme ihn.

Sehr gut, Spiegel.

Wie soll ich dich nennen? Hast du einen Namen?

Spiegel.

Wer hat dir denn solch einen lieblosen Namen gegeben?

Du tust mir leid.

BRÜLL

Nein, ich bin einfach nur ein Spiegel!!

Wer würde einem Spiegel einen Namen geben?!

Ah, so meinst du das also.

Hmm, dann...

... werde ich dich ab jetzt Vérité nennen. Was hältst du davon?

...

Du bist nicht so, wie ich erwartet habe...

Hm?

?

N...Nichts, der Name ist nicht schlecht.

Vérité bedeutet doch Wahrheit, oder?

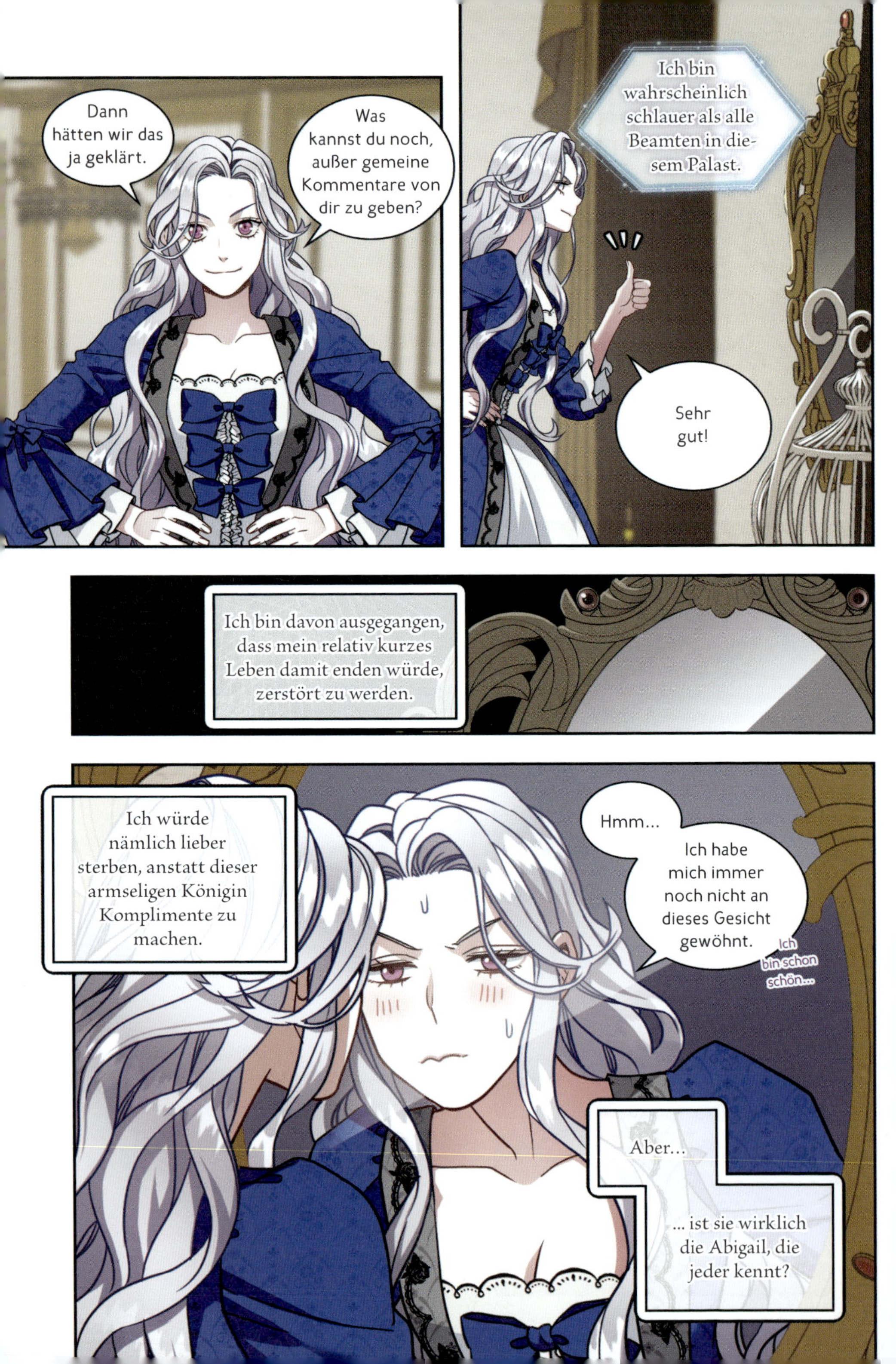

Dann hätten wir das ja geklärt.

Was kannst du noch, außer gemeine Kommentare von dir zu geben?

Ich bin wahrscheinlich schlauer als alle Beamten in diesem Palast.

Sehr gut!

Ich bin davon ausgegangen, dass mein relativ kurzes Leben damit enden würde, zerstört zu werden.

Ich würde nämlich lieber sterben, anstatt dieser armseligen Königin Komplimente zu machen.

Hmm...

Ich habe mich immer noch nicht an dieses Gesicht gewöhnt.

Ich bin schon schön...

Aber...

... ist sie wirklich die Abigail, die jeder kennt?

Es fühlt sich so an...
... als würde ich mich mit meinem Spiegelbild unterhalten...
VERSCHWIMM
Argh?!
BLICK

So besser?

Ha, sieh mal einer an!

Ja, viel besser.

Ab heute wirst du als mein persönlicher Assistent fungieren.

Es gibt aber drei Regeln, die du befolgen musst.

Die da wären?

Du musst anfangen, höflich mit mir zu reden.

Wenn es sein muss...

In Ordnung...

... Eure Majestät.

Zweitens...

... du darfst nur die Wahrheit sagen.

Ich möchte nicht, dass du mich anlügst oder mir schmeichelst.

Habt Ihr gerade einem Spiegel, der für Komplimente hergestellt wurde, gesagt, dass er Euch keine Komplimente machen soll?

Das hat dich vorhin auch nicht interessiert.

BLITZ

Haha! Wie Ihr wünscht.

Und die letzte Regel?

PIEKS

PIEKS

Hör gut zu, das ist die wichtigste.

Die Hübscheste im ganzen Land ist Prinzessin Blanche.

Verstanden?

Ich kann doch nicht einfach so nachgeben, nachdem ich solch einen Aufruhr veranstaltet habe!

Es tut mir leid, aber ich kann und werde mir nicht widersprechen! Auf gar keinen Fall!

Nur, weil ich keinen Körper habe, heißt das nicht, dass ich keinen Stolz habe!

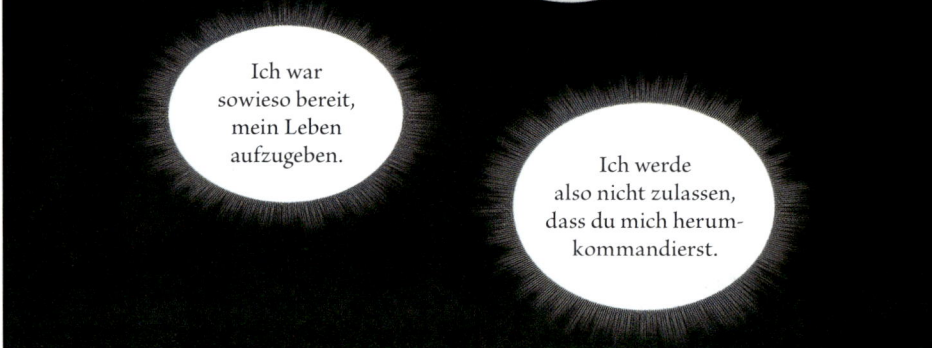

Ich war sowieso bereit, mein Leben aufzugeben.

Ich werde also nicht zulassen, dass du mich herumkommandierst.

Ach, wirklich?

QUIETSCH

QUIETSCH

Urgh,
i...ich
werde...

... niemals!!

KNACK

KLIRR

Am Tag meiner Begegnung mit dieser seltsamen Königin...

... stand ich hilflos da und hörte mir das Elend an.

Spieglein, Spieglein an der Wand...

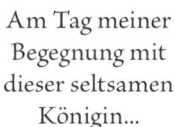

Jetzt...

... wer ist die Schönste im ganzen Land?

Prin-zes-sin Blan-che.

Wer ist die Liebenswürdigste im ganzen Land?

Nun gut!

Kommen wir zum nächsten Thema.

Wir müssen ein Geschenk für Blanche aussuchen!

Die Auswahl reicht von Schuhen und Taschen bis hin zu Schmuck und Kleidern...

Jetzt guck doch nicht so, das wird Spaß machen!

KNACK

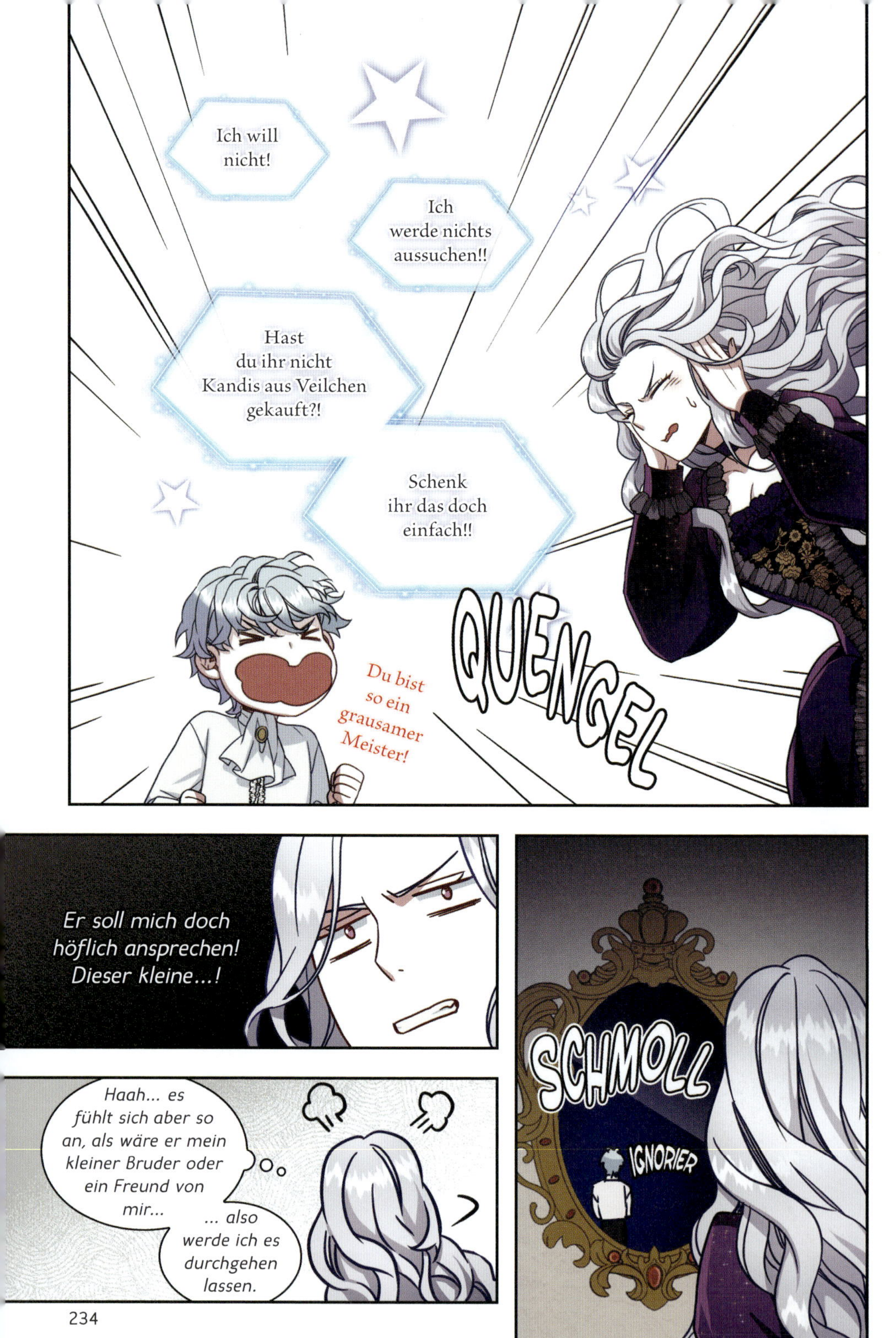

Ich will nicht!

Ich werde nichts aussuchen!!

Hast du ihr nicht Kandis aus Veilchen gekauft?!

Schenk ihr das doch einfach!!

Du bist so ein grausamer Meister!

QUENGEL

Er soll mich doch höflich ansprechen! Dieser kleine...!

Haah... es fühlt sich aber so an, als wäre er mein kleiner Bruder oder ein Freund von mir...

... also werde ich es durchgehen lassen.

SCHMOLL

IGNORIER

Er
ist sauer,
oder?

Und er will
es mich wissen
lassen...

Vérité.

Ich bin die
Königin... es gibt
sonst niemanden hier,
mit dem ich darüber
reden könnte.

Du weißt
doch, dass ich mich
am meisten auf dich
verlassen kann...

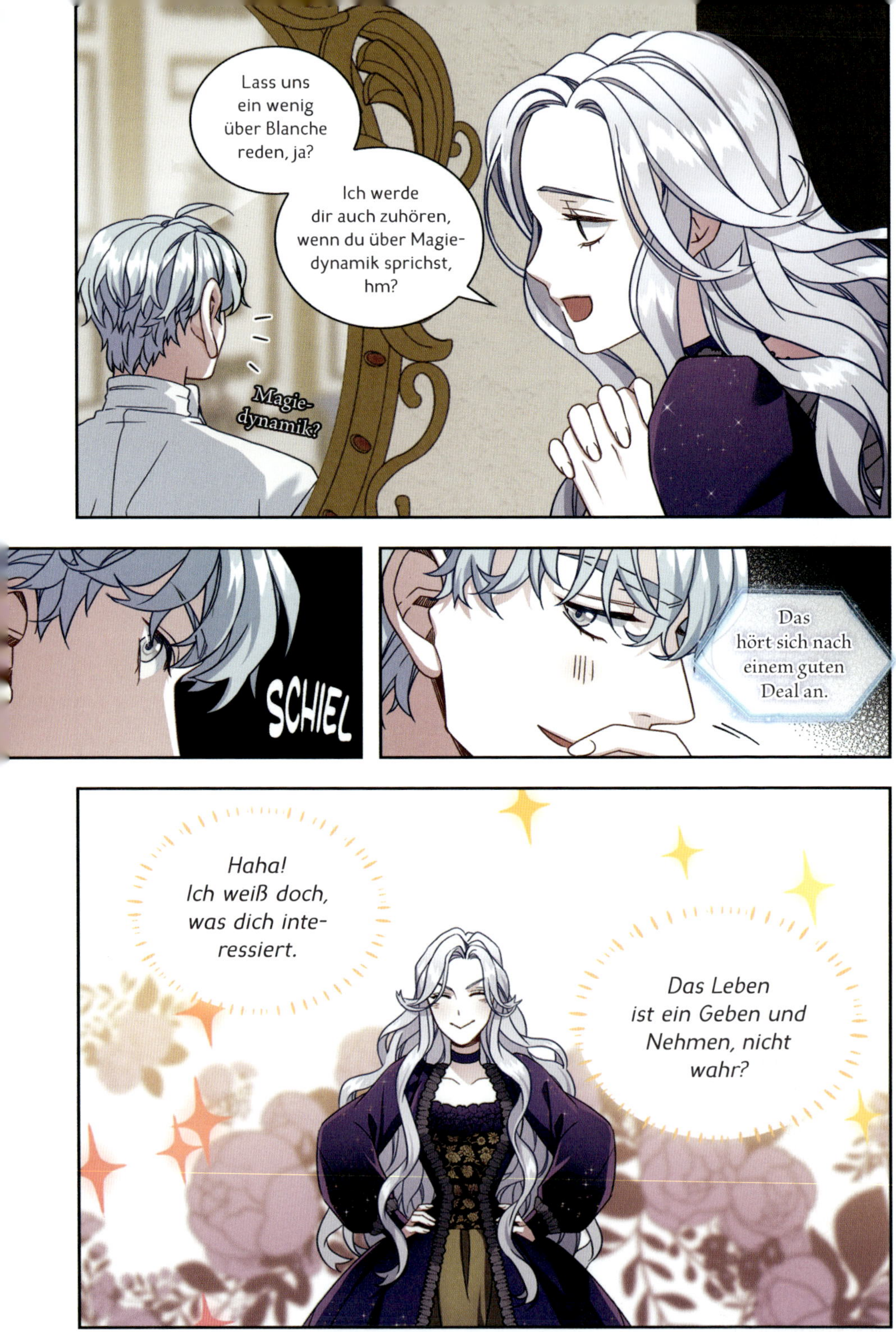

Hehe, dann...

Hierfür!

... kannst du mir ja helfen, eine Schleife auszusuchen.

Gut. Lass mich mal sehen, Bibi.

Er scheint sich wieder beruhigt zu haben, er nennt mich sogar bei meinem Spitznamen.

Hmm... ich denke, dass eine lila Schleife am besten dazu passt.

Oder? Das dachte ich mir auch...

Ich hoffe, dass sich Blanche darüber freuen wird.

Hm?

Blanche scheint ihr sehr wichtig zu sein.

Eure Hoheit...

... darf ich fragen, was für ein Geschenk Ihr für Prinzessin Blanche vorbereitet habt?

Veilchen-Kandis.

Das ist eine lokale Spezialität aus Kronenberg... ich meine, meinem Heimatort.

Ah! Ich habe davon gehört!

Er soll so begehrt sein, dass nicht mal Einheimische ihn kaufen können!

WEDEL

WEDEL

Ich bin ja so neidisch...!

Keine Sorge, ich habe noch zwei weitere Gläser.

Du kannst dir eins mit den anderen Dienstmädchen teilen.

STRAHL

Wirklich?!

Ihr seid ein Engel, der vom Himmel geschickt wurde!

Hm?

Wartet kurz hier.

HEB

Die Prinzessin scheint Gäste zu haben.

Hm? Ist das nicht...?

Herzog Stoke.

Er scheint hier zu sein, um seine kleine Schwester, Fräulein Jeremy, zu besuchen.

Und was machen die beiden vor Blanches Zimmer?

Ich frage mich, worüber sie reden.

Kann es sein...

... dass er derjenige war, der Abigail umgebracht hat...?

KNALL

PUH..

Ich habe nicht vor...

KLACK

... den Täter damit durchkommen zu lassen.

Gut, lasst uns die Prinzessin besuchen gehen.

KLACK

KLACK

Guten Tag, Eure Hoheit.

Prinzessin Blanche nimmt gerade Etikette-Unterricht.

Folgt mir doch.

Ist es in Ordnung für mich reinzugehen?

Natürlich, Eure Hoheit.

Noma, Clara, wartet hier auf mich.

ZITTER

SCHWANK

TAPPS

TAPPS

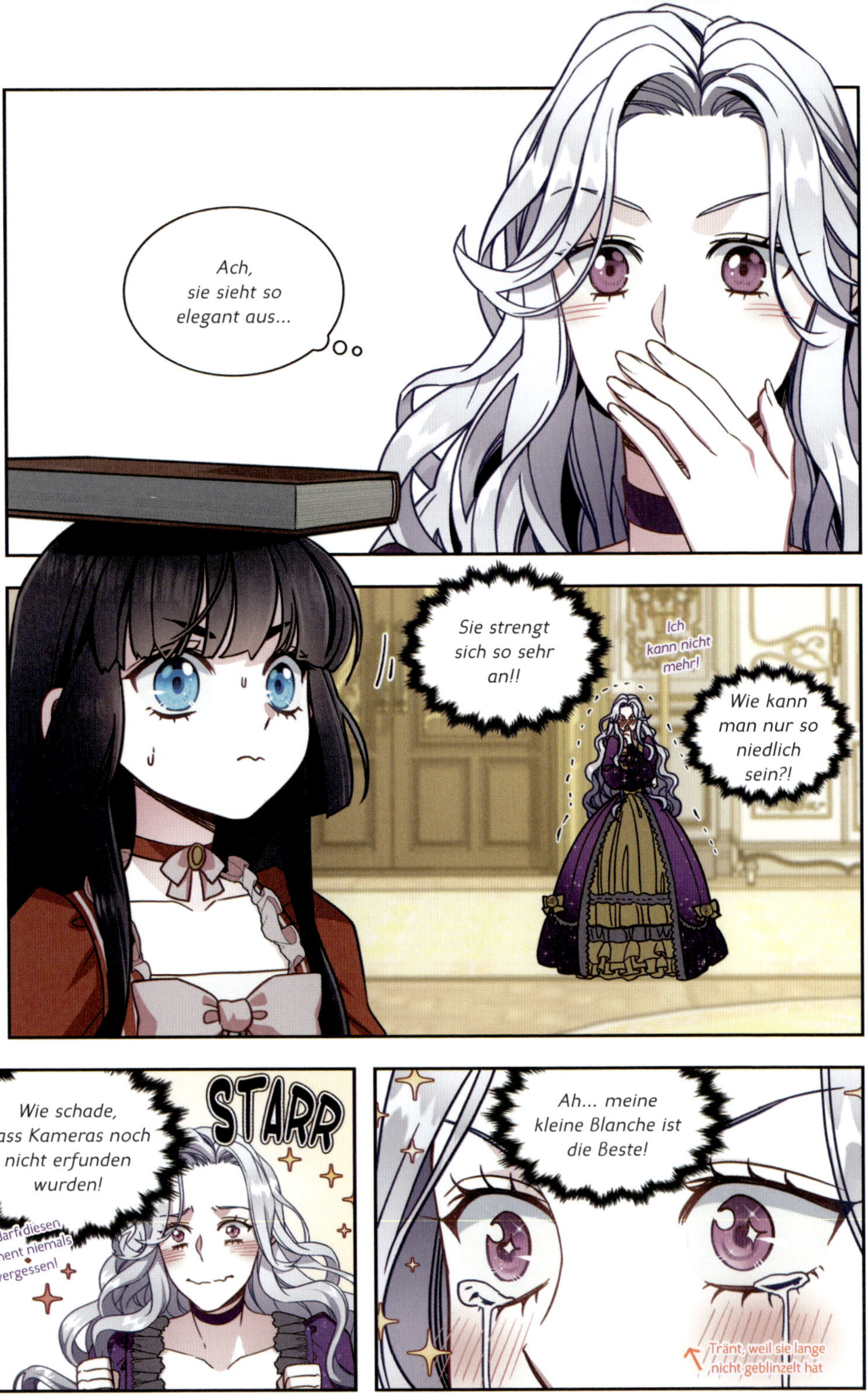

Ach, sie sieht so elegant aus...

Sie strengt sich so sehr an!!

Ich kann nicht mehr!

Wie kann man nur so niedlich sein?!

Wie schade, dass Kameras noch nicht erfunden wurden!

STARR

Ich darf diesen Moment niemals vergessen!

Ah... meine kleine Blanche ist die Beste!

↑ Tränt, weil sie lange nicht geblinzelt hat

SCHWANK

FALL

Ah...!

SCHAUDER

ZUCK

Ihr dürft nicht vergessen, dass Ihr Königin Miriams Tochter seid.

REICH

Es wird von Euch erwartet, dass Ihr in Sachen Manieren genauso perfekt seid wie Eure Mutter.

LEG

Lasst uns das noch mal versuchen.

J...Ja!

Ihr müsst mehr auf Eure Haltung achten.

Schönheit hängt davon ab, wie Ihr auftretet.

Egal, wie schön Euer Kleid auch aussehen mag...

... sobald Eure Haltung schwindet, verliert Ihr Euren Charme.

Wie kann sie zu einem Kind nur so gemein sein?!

Für eine Frau steht die Schönheit an erster Stelle.

Egal, wie hoch Euer Status auch ist oder wie schlau Ihr seid...

... wenn Ihr nicht schön aussieht, wird niemand auf Euch hören.

Was?

W...Warte Mal.

Wie kann sie es nur wagen?!

Es ist mir egal, dass wir uns hier in einer Märchenwelt befinden...

So was Altmodisches bringt man doch keinem mehr bei!

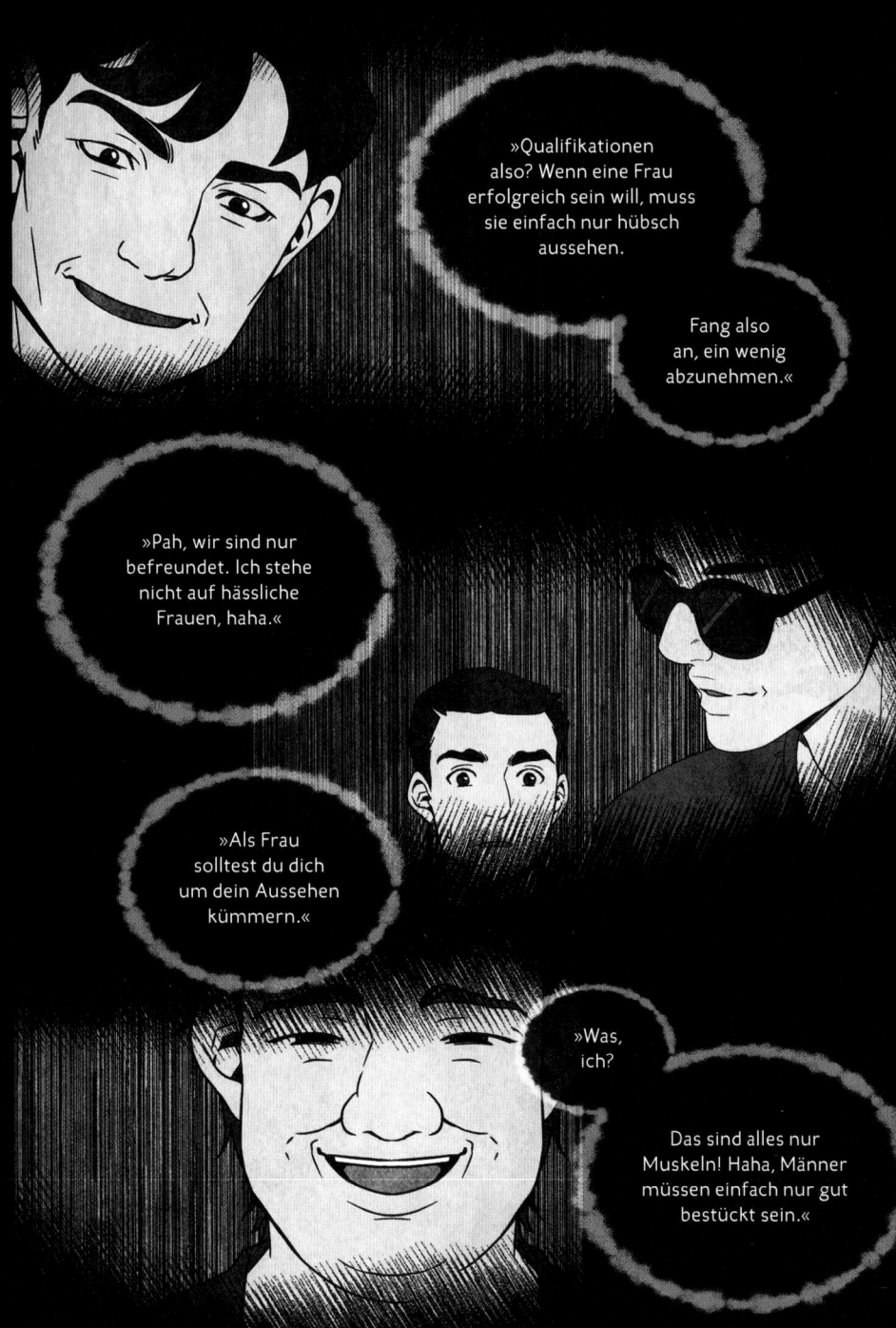

Ihr müsst Euren Rücken durchstrecken und Euren Blick senken.

Und Eure Taille...

Habt Ihr etwa etwas gegessen, das ich Euch nicht serviert habe?

Hm...?

N...Nein!

ERRÖT

Eure Taille scheint breiter geworden zu sein...

Nun gut.

Es ist wohl an der Zeit, Eure Portionen zu reduzieren.

Warum darf sie entscheiden, was Blanche isst?

Blanche ist ein 11-jähriges Kind, das noch am Wachsen ist!

Sie ist sowieso schon kleiner und dünner als Kinder in ihrem Alter...!

Wir werden eine kurze Pause einlegen.

Ihr könnt Euch zehn Minuten lang ausruhen.

HMM... HMM...

Oh, Eure Hoheit?!

Herzlich Willkommen, Eure Hoheit.

VERBEUG

Was führt Euch hierher?

Ich habe ein Geschenk für Prinzessin Blanche.

Bitte sehr, das ist für dich.

Oh, was ist das?

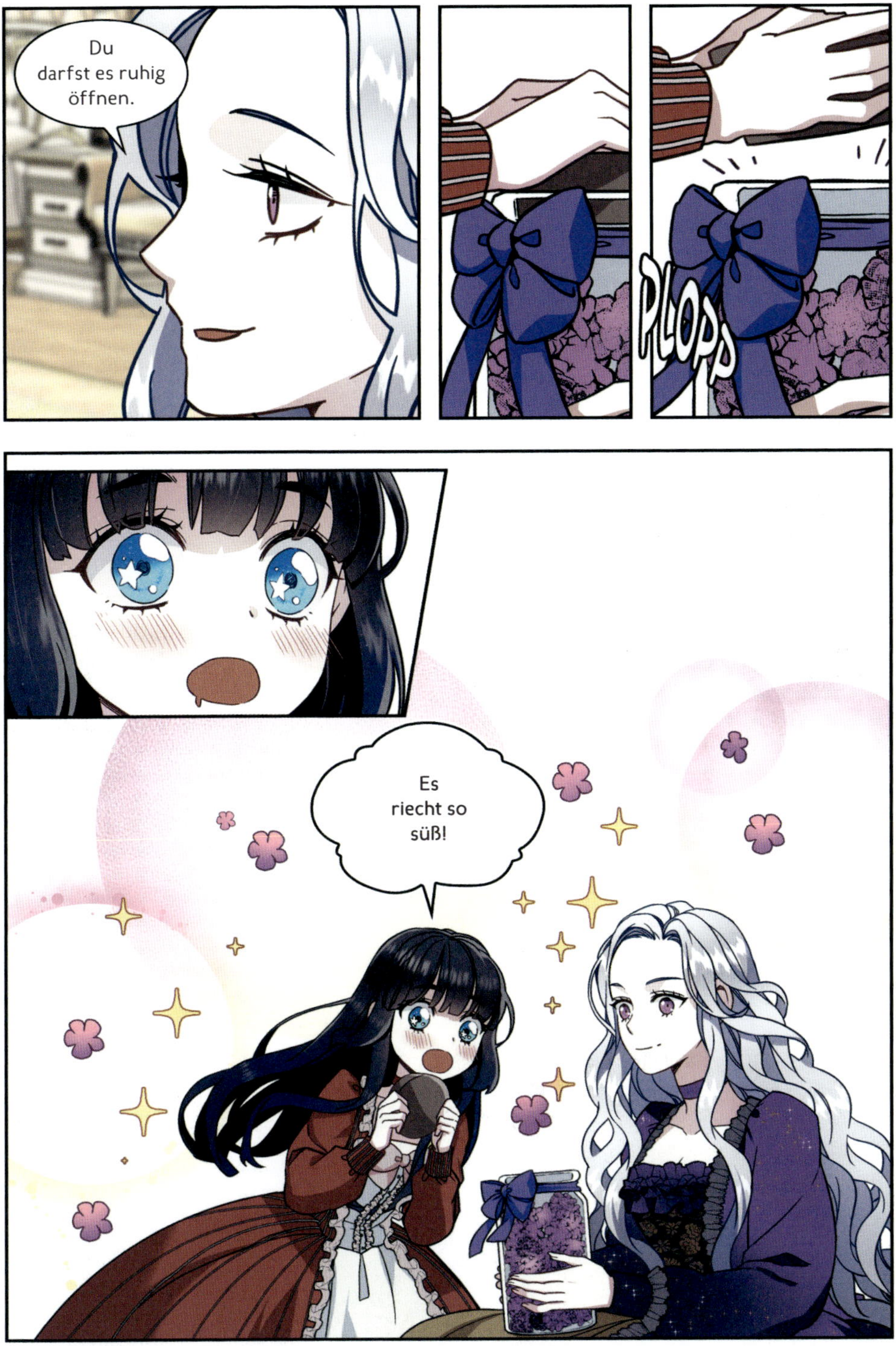

Du darfst es ruhig öffnen.

PLOPP

Es riecht so süß!

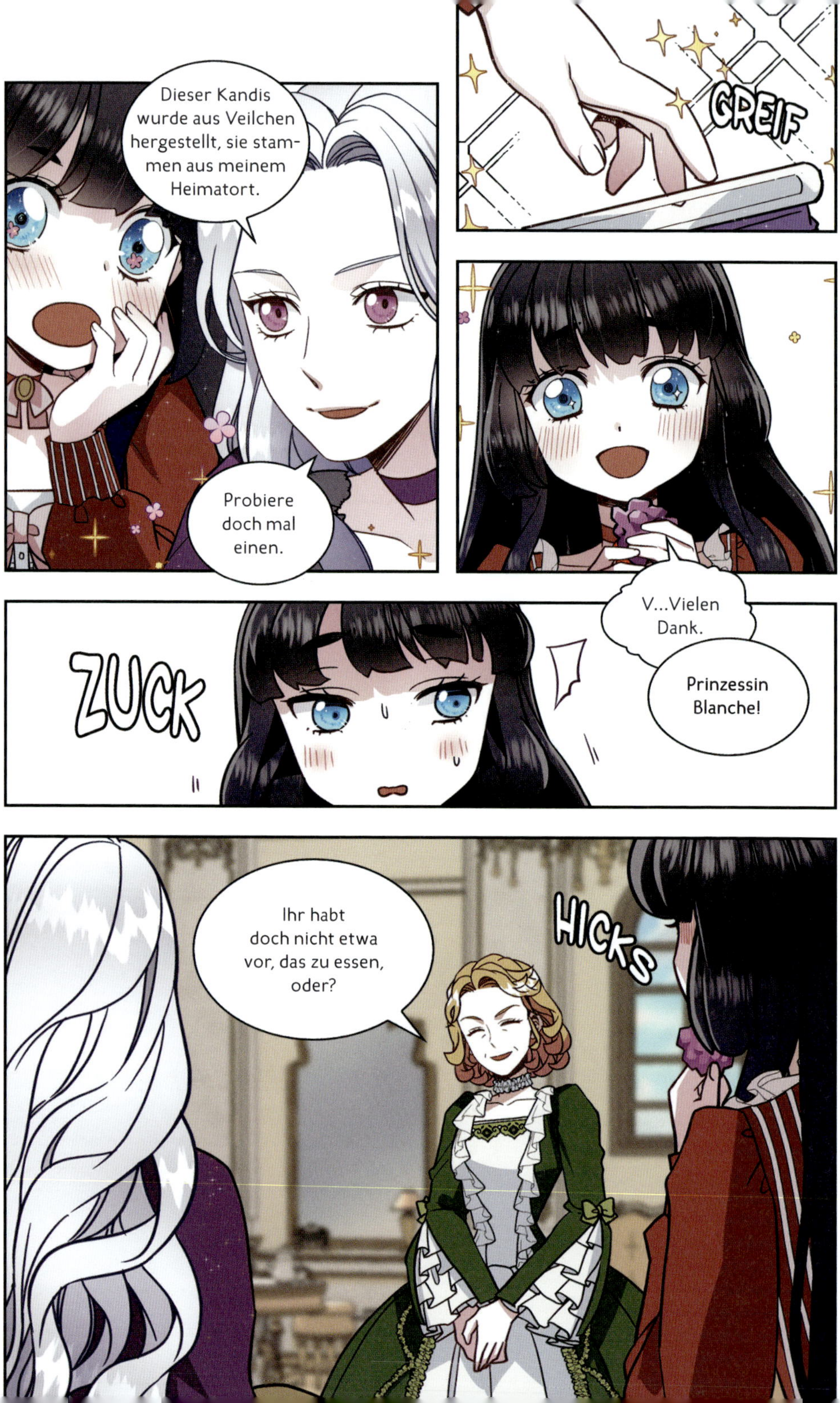

Eure Hoheit, die Prinzessin folgt einer strikten Diät.

Ich muss Euch leider darum bitten, das Geschenk zurückzunehmen.

Darüber wollte ich mit dir sprechen.

Ich finde es nicht in Ordnung, ein heranwachsendes Kind auf Diät zu setzen.

RUCK

Es geht hier um das Wohl der Prinzessin, Eure Hoheit.

Und...

... ich kann mich daran erinnern, dass Ihr mich für die Erziehung der Prinzessin verantwortlich gemacht habt.

Oder irre ich mich etwa?

• • • • • •

Blanche...

Wie traurig sie dreinblickt...

...

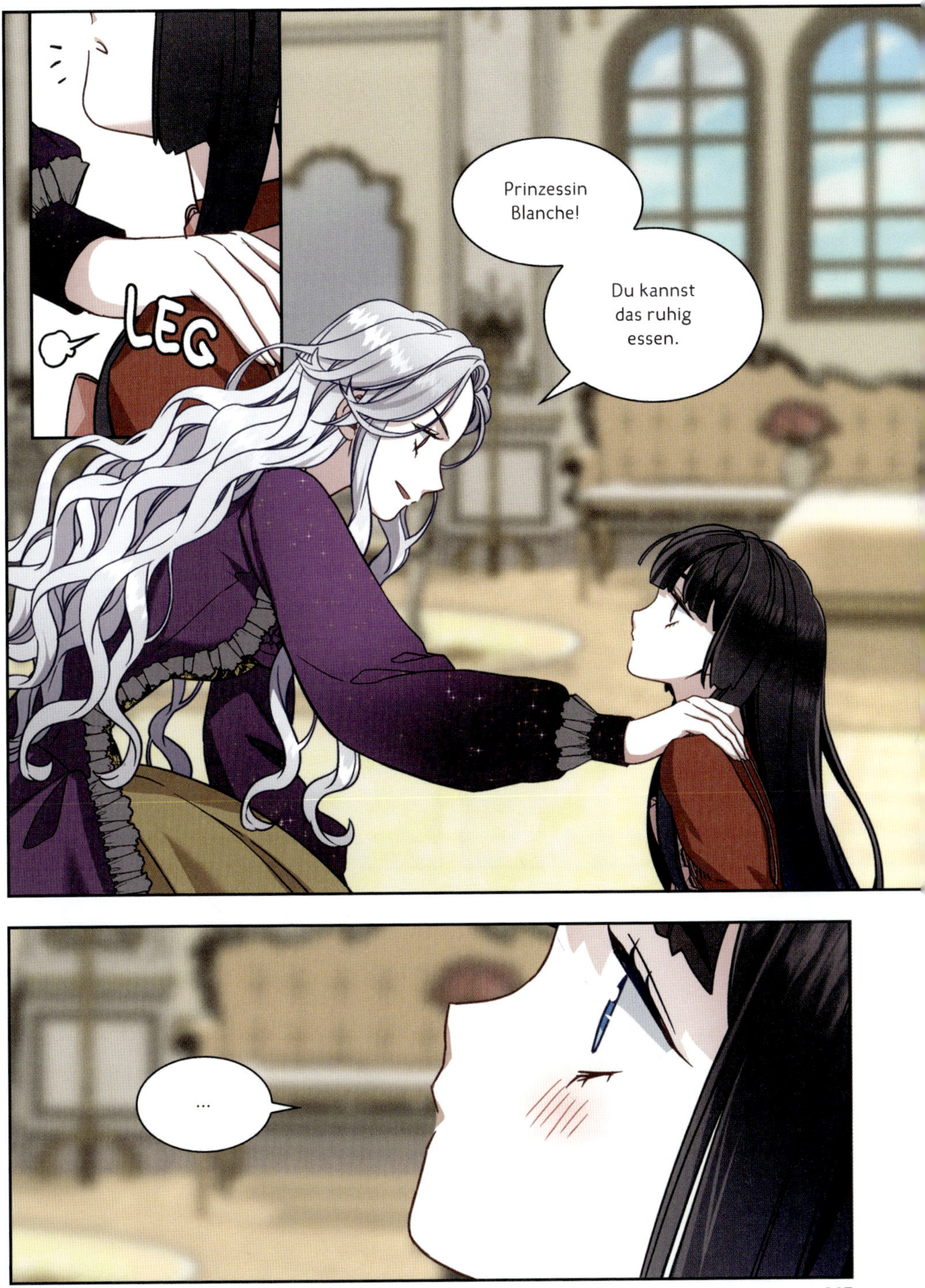

ZUCK

Eure Hoheit!

Ich verstehe, dass Ihr der Prinzessin eine Freude machen wollt.

Aber damit die Prinzessin gut in ihren Kleidern aussieht...

... darf sie nicht noch mehr zunehmen.

Ihre Kleider...?

Ist das etwa wichtiger als ein gesundes Wachstum und das Wohlergehen der Prinzessin?

ZUCK

E...Eure Hoheit!

Alle anderen adligen Fräulein in ihrem Alter achten auch auf ihr Gewicht...

... damit sie Korsette für Erwachsene tragen können!

SCHO CKIERT

BALL

Wie kann man Kindern nur so etwas antun, damit sie in ein Korsett passen?!

Ist dem so?

Nun gut.

Wenn du das so siehst, werde ich dir die Erziehung der Prinzessin nicht mehr überlassen können.

Jemand anderes wird sich nun um das Wohl von Prinzessin Blanche kümmern.

Eure Hoheit...!!

Du kannst nun gehen.

Ich muss ein paar Dinge mit der Prinzessin besprechen.

ZAPPEL

ZAPPEL

Urgh!

KNIRSCH

DREH

Es...

Es tut mir leid, Eure Hoheit.

Ich werde keine Süßigkeiten mehr essen, also... werdet bitte nicht sauer auf mich.

Ah...

Ich bin nicht sauer.

Und du darfst auch Süßigkeiten essen.

KLACK

Lass uns zusammen eins probieren.

A...Aber dann passe ich nicht mehr in meine Kleider.

Wäre das denn so schlimm?

Wie?

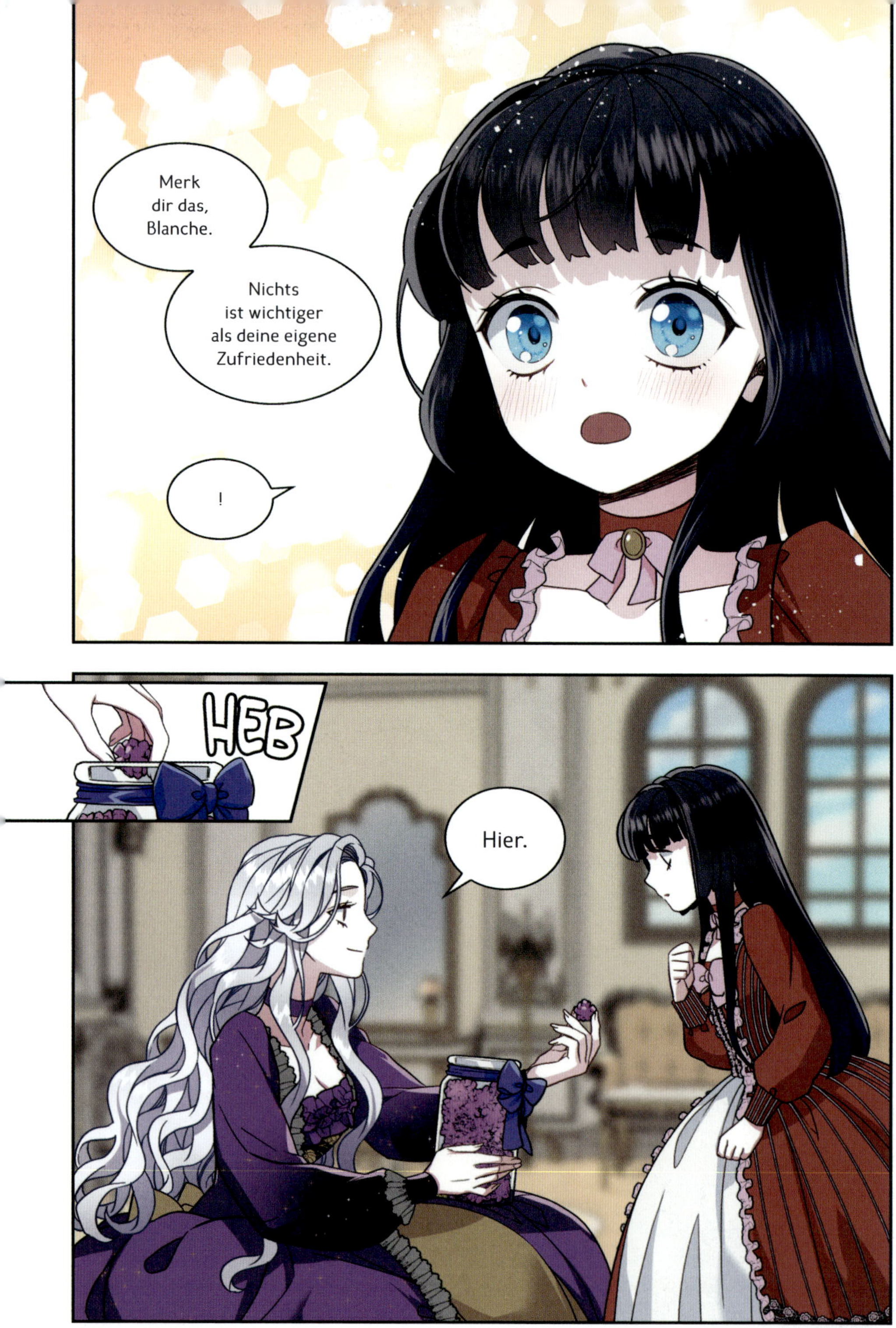

Merk dir das, Blanche.

Nichts ist wichtiger als deine eigene Zufriedenheit.

!

HEB

Hier.

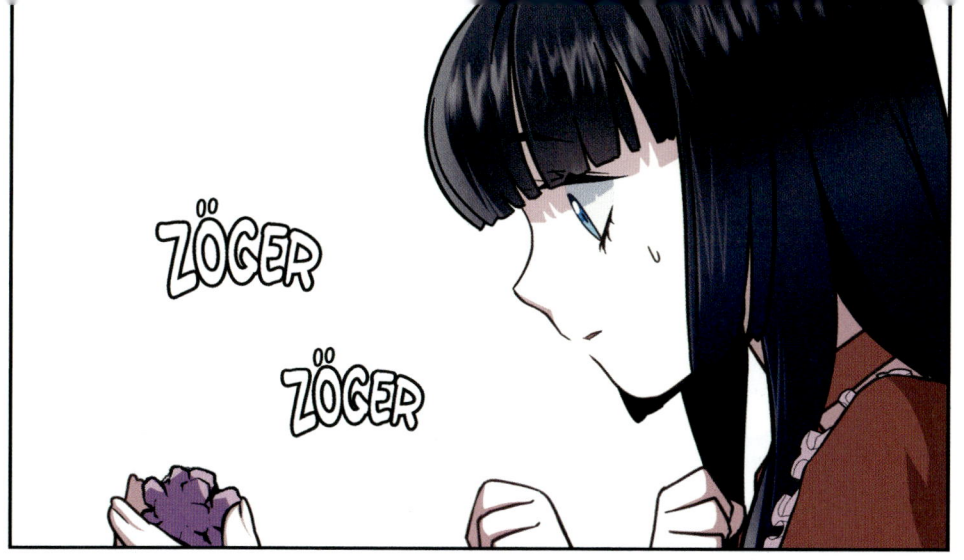

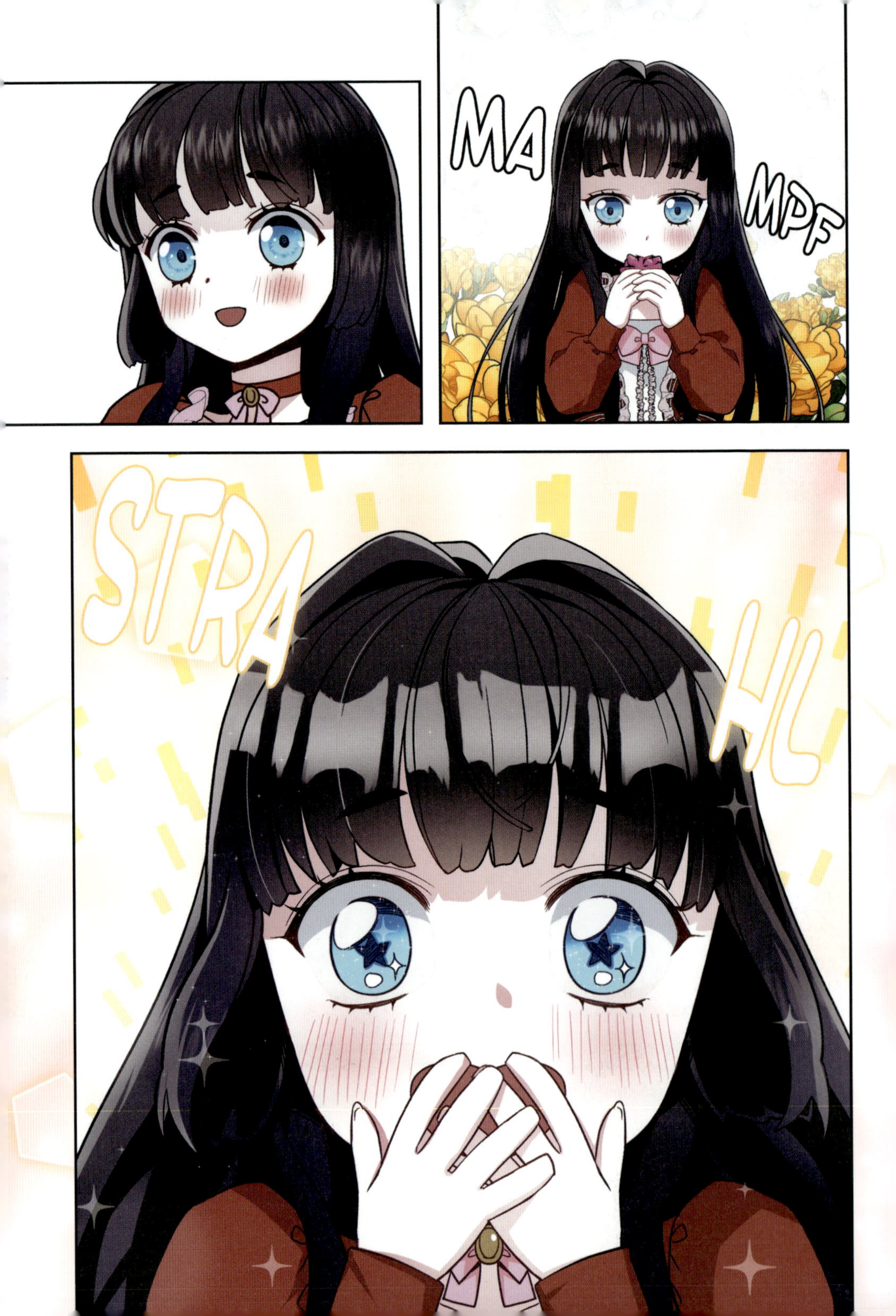

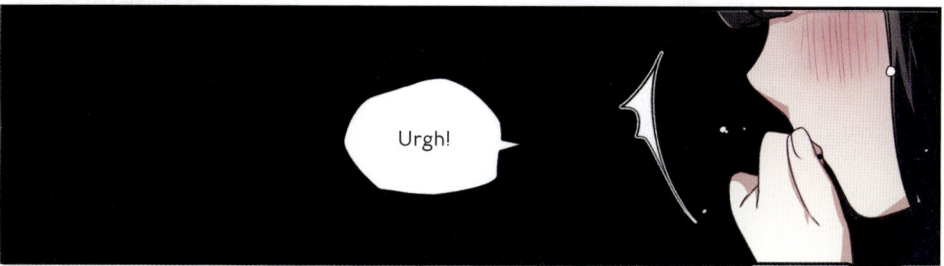

RUCK

B...
Blanche?!

SCHLUCHZ

SCHLUCHZ

Was
hast du
denn?!

Was soll
ich jetzt
machen?!

Hast du dir
auf die Zunge
gebissen?
Blutet es?

N...Nein, das ist es nicht...

Ich habe noch nie in meinem Leben...

... so etwas Süßes gegessen.

Sie hat doch nur einen Kandis gegessen...

DRÜCK

Wie viel wurde ihr bis jetzt vor-enthalten...?

Ab heute darfst du alle Süßigkeiten essen...

... die es auf der Welt gibt, ja?

Urgh...

SCHNIEF

SCHNIEF

Sie ist so klein für ihr Alter.

Ist sie etwa nicht gewachsen, weil sie so wenig zu essen bekommen hat?

Fortsetzung folgt!…

Thank you

Hallo. Ich bin es, Mo9Rang! Ich hätte niemals
damit gerechnet, dass ich jemals ein Buch auf den Markt
bringen würde. Es ist ein wirklich unbeschreibliches Gefühl.
Ich habe viel nachgedacht, bevor ich mit der Serie begonnen
habe. Ob ich es wohl schaffe, einen wöchentlichen Webtoon
rauszubringen, obwohl ich langsam arbeite? Ob meine
Handgelenke das mitmachen werden? Aber da es sich um
einen Roman handelt, habe ich beschlossen, es einfach
zu probieren. Es ist unfassbar zu sehen, wie weit die
Geschichte schon gekommen ist. Mit der Hilfe meiner
wunderbaren Assistent*innen und dem Verleger war es
mir möglich, jede Woche ein neues Kapitel hochzuladen.
Die Ermutigung und Unterstützung meiner Leser*innen hat
mich aber am meisten dazu angeregt, trotz meiner Fehler
weiterzumachen. Vielen Dank für die Liebe, die ihr diesem
Buch geschenkt habt. Ich hoffe, dass ihr auch die nächsten
Teile mit großem Interesse lesen werdet. Vielen Dank!

Hui

Poch

C Lines
2024 Carlsen Verlag GmbH · Völckersstraße 14-20 · 22765 Hamburg
Aus dem Koreanischen von Nina Gliese
NOT-SEW-WICKED STEPMOM vol. 1
© Mo9Rang, Iru 2021 / A.TEMPO MEDIA
All rights reserved.
German edition published by arrangement with A.TEMPO MEDIA through RIVERSE Inc.
Covergestaltung: Peter Mrozek
Redaktion: Lena Dilger
Herstellung: Lena Voigt
Alle deutschen Rechte vorbehalten.
Wir behalten uns die Nutzung unserer Inhalte für Text und
Data Mining im Sinne von § 44b UrhG ausdrücklich vor.
ISBN: 978-3-551-63003-2

carlsen.de/webtoons
carlsen.lnk.to/CarlsenSocialMedia
hayabusa_manga
carlsen_manga

Wir produzieren nachhaltig
• Klimaneutrales Produkt
• Papiere aus nachhaltigen und kontrollierten Quellen
• Hergestellt in Europa